九十九《つくも》さん家のあやかし事情
五人の兄と、迷子の狐

椎名蓮月

富士見L文庫

目次

【其の壱】

期末試験が終わると、肩の荷が下りる。

結果はどうでも、夏休みまでもうすぐだ。

「ねえ、夏祭りどうする？」

ホームルームが終わって教室から生徒たちがぞろぞろと出始めると、席を立とうとしたあかねの傍に、八千代《やちよ》と由紀子《ゆきこ》がやってきた。

「やっちんは、おばあちゃんの許可もらえたのよね」

あかねが訊《き》くと、八千代はうなずいた。

「ゆっこもだよね？」

クラスの女子でもいちばん背の高い八千代が、少し身を傾けるようにして由紀子に問う。

由紀子は逆に、クラスでいちばん小柄だ。きりっとした凜々《りり》しい顔つきの八千代と、ふわふわした雰囲気を纏《まと》う由紀子は、二年生になってからあかねと友だちになった。

「うん。あとはあかねだけだよ」

由紀子はにこにこしてうなずく。

あかねは溜息《ためいき》をついた。

「もうちょっと待って……まだお兄ちゃんたちに何も言えてなくて」

「言いにくそうね」

由紀子が少し、気の毒そうな顔をした。

「そうなのよね……あいつらほんとに過保護なんだから」

思わず兄たちの愚痴に発展しそうになったところで、廊下から「九十九《つくも》さん」と呼び声がした。思わずあかねはそちらを向く。

「はい？」

「あの……」

顔だけは知っている、隣のクラスの女生徒が戸口に立っていた。あかねは嫌な予感を覚えつつ、鞄《かばん》を取り上げて廊下に出る。

「何か、用？」

「あの、これ、お兄さんに渡してほしいの」

女生徒はおずおずと、手にしていたものを差し出した。パステルピンクの洋形封筒だ。宛名《あてな》は可愛らしい字で『九十九藍音《あいね》さま』と書かれている。

「その、藍音さんに」

「……藍音なら、教室行けばまだいるんじゃないかな」

あかねのすぐ上の兄、藍音は三年生だ。五人いる兄たちの中ではまだ子どもの部類なのに、いちばん顔立ちが整っている。少しだけ顔の彫りが深くモデルのような容貌《ようぼう》のため、女生徒にはやたらと人気があった。

おかげでこのようにたびたび女生徒から手紙をもらうのだが、何故かみんな、本人に渡さず、あかねを経由するのである。今年に入ってこれで四度めだ。

「九十九さんから渡してもらいたいの……」

可愛らしい女生徒は、恥じらうようにうつむいた。

あかねだって一応は女の子なので、こういう恥じらいはわからないでもないが、残念ながら縁遠い。恥ずかしいならこっそり靴箱にでも入れておくべきじゃなかろうかと思うが、彼女たちは恥じらいにくわえて『可愛がっている妹を通じて渡したら少しは可能性もあるのではないか』という打算も持っているのだ。同じ女なので、あかねもそのことに最近ようやく気づき始めていた。

「返事がくるとは限らないけど、それでもいいの？」

根負けしたあかねがそう尋ねると、彼女はパッと顔を上げた。

「ええ、いいわ！」

「じゃあ、預かるわね」

あかねは溜息をのみ込んで、彼女の差し出した封筒を受け取った。

梅雨がそろそろあけかけている。曇り空の下、湿気《しけ》た重たい空気に少しうんざりしつつ、あかねは友人と下校した。

大通りの角で八千代と、次の角で由紀子とわかれる。それから五分ほど歩いて住宅地の中に入ると、あかねの家だ。この町は最近になって駅前あたりの再開発が終わり、ぐっと都会めいたが、旧街道近くのあかねの家のあたりは今でも少し古い町並みの面影が残っている。あかねの家の建物も古く、庭には蔵があった。蔵には藤が絡みついて時季になるときれいな花の色に彩られる。

角を曲がって入り組んだ路地に入ると、前を歩いている兄が見えた。思わずあかねは駆け出す。

「あいちゃん！」

呼ぶと、ふわふわの栗毛が振り返る。

藍音が日本人離れして見えるのは、髪の色が生まれつき淡く、ふわふわしているせいもあるだろう。彼は目の色も薄くて、強い陽射しはきつく感じるようだ。

「今日は図書館に行かなかったの」

「昼ごはんを食べてからにしようと思って、帰ってきたところです」

怜悧《れいり》なすぐ上の兄は、十五歳とは思えない大人びた口調で話す。これはあかねが記憶している限りずっと以前からそうだ。おかげで兄たちの中では一、二を争うほどに落ちついて見えた。

「おひる、何たべる？」

「三分待って食べるようなものにしようと思ったんですが、若葉《わかば》さんが帰ってきてるならつくってもらえるんじゃないですかね」

若葉さんというのは、藍音のすぐ上の兄だ。両親のいない九十九家ではおもに炊事を担当している。まだ高校生なのに若葉のつくる食事はなかなかのもので、藍音とあかねは彼に昼のお弁当もつくってもらっていた。たこさんウィンナーを作れる男子高校生はめずらしいのではないだろうか。

「帰ってきてるかな」

「高校も試験期間のはずですよ」

家に着いた。門扉をあけて中に入る。玄関扉に鍵《かぎ》はかかっていなかった。

「ただいま～！」

あかねが先に入ると、玄関からまっすぐつづく廊下沿いにある台所から、ひょいと若葉が顔を出した。

「おかえり。おひるつくるところだけど、食べるすか?」

若葉が、垂れ落ちる前髪をかきあげながら笑った。

「なに?」

「ナポリタン」

「食べる! 着替えてくるね」

あかねは兄に答えると、階段から二階に上がった。

家は古い木造家屋で広いがそのぶん階段はぎしぎしいうし、部屋によっては扉が薄い板戸で、生活音が廊下まで聞こえることもある。おもむきがあるといえば聞こえはいいが、そろそろ建て直したほうがいいのではないかとあかねは思う。しかしそんなお金などないのもわかっていた。九十九家は貧乏ではないが、裕福ではない。とにかく何もかも古かったが、トイレと水回りだけはあかねが中学に上がった年に直したのでまだ便利になったほうだ。おかげで風呂《ふろ》も広くなり、以前のように冬に凍えながら急いで使うということがなくなった。

あかねの自室は二階の奥にある和室だ。広くはないがベランダに面していて陽当たりがよく、不満は特にない。古い家はむやみに広いので兄たちもひとり一室をもらえているが、若葉と藍音は部屋がつづき間になっているので、不便は不便らしい。

あかねは鞄を椅子に置いて、大急ぎで制服から室内着のワンピースに着替えた。この時季はまださほど暑さは強まっていないものの蒸し暑さで汗をかくので、ぶら下げた制服には消臭剤を吹きかける。それからふと、帰りぎわに受け取った封筒のことを思い出して鞄から取り出した。思わず溜息が漏れる。

「まったく、なんとかしてほしいわね」

呟《つぶや》きながらそれを手に部屋を出て階段を降りると、いいにおいが漂い始めていた。

「あいちゃん、これ」

藍音はもう食卓に着いていた。台所兼食堂はそれなりの広さがあるが、兄妹《きょうだい》が全員集まるといっぱいになる。だが今は、ガス台に向かって調理をしている若葉と、食卓で今か今かと待っている藍音だけだ。あかねもそれほどもたもたしていたつもりはないのに、藍音はもう制服から着替え終わっていた。

「なんですか」

あかねが差し出した封筒に、藍音は眉《まゆ》を寄せた。

「違うクラスの女の子が、あいちゃんに渡してって。ラブレターみたいよ」

「ほほう」

「藍音はモテるっすね」

フライパンをかき混ぜながら、若葉が振り向かずに言った。藍音は無表情で、あかねから受け取った封筒を丁寧にあけると中身を取り出す。折りたたまれた便箋《びんせん》を丁寧に開く兄の隣に、あかねは座った。いたたまれない心地で藍音の反応を待つ。

「ちゃんと返事、出してあげてよ」

「わかりました」

便箋にざっと目を通した藍音は、足もとに手を伸ばした。図書館に行くための鞄から筆入れを取り出す。嫌な予感がして、あかねは兄が何をするか見守った。

藍音は赤いボールペンを取り出すと、便箋に何か書き込んだ。しばらくさらさらと書いているが、すぐにペンを置いて蓋《ふた》をした。

「何やってんの……？」

「文法の間違いや誤字を直したんですよ」

そう言うと、藍音は便箋をあかねの前に置いた。可愛らしい女の子の字で、藍音のことが好きだとか、できればつきあってほしいとか、そういった内容が書かれているが、そのところどころに赤線が入れられたり、字の間違いの訂正が書き込まれている。あかねは心底げんなりした。

「中学生にしてはよく書けているほうですよ。小文字の『わ』も使ってないし、こんにちはもちゃんと『は』で書いているし。この前、高校生から手紙をもらったんですが、もっとひどかったんですから」

「それもまさか採点したの?!」

「どんな内容でもいいから返事がほしいとあったので」と、藍音は言外に肯定する。「これも、返してあげてください」

「いやよ！」

あかねは即座に答えた。こんなことをされたらどんな女の子だって傷つくだろう。藍音が外見から想像もつかないえぐい性格なのはあかねもよく知っていたが、そんなことをしているとは思わなかった。

「まさかと思うけど、今までわたしから渡した手紙もみんなそうしてたの？」

「まさかと思いますが、今まで知らなかったんですか？」

藍音はきょとんとしてあかねを見る。何を言っているのだろうと訝《いぶか》る表情に、あかねは愕然《がくぜん》とした。

「ひどすぎる……！」

あかねは拳《こぶし》を握りしめた。残念ながら、きょとんとする兄にそれを喰《く》らわせる前に、目の前にナポリタンを盛った皿が置かれる。

「はい、できましたよ」

若葉がにっこり笑って言った。兄妹の中でいちばんやさしげな顔をしている若葉は、炊事をするときだけ、長めの前髪を上げて、後ろで結んでいる。ふだんはこれをきちんとセットして、目もとが微妙に隠れるようにしているのだが、『顔がやさしすぎて舐《な》められるから』というのがその理由であった。

「ありがとう、わかちゃん」

「ちょっと玉子が焦げちまったけど、いいすかね」

「焦げてても平気よ。――いただきます」

あかねは手をあわせると、皿と一緒に置かれたフォークを手にしてナポリタンを食べ始めた。

「いただきます」

藍音も手を合わせ、すぐにフォークを手にする。無言で食べる兄を横目で見つつ、あかねは口の中のものと一緒に溜息《ためいき》をのみ込んだ。

「藍音はその辛口さえなければ、もっと女の子にもてそうすけどね」

ふたりの正面で、若葉がナポリタンを食べながら言った。いつもはこの三人は食卓の片側に横並びになるよう席が決まっているが、昼で人数が少ないときはこうして別の席に座ることもある。

ケチャップで和《あ》えて炒《いた》めたナポリタンには、刻んだタマネギやピーマン、輪切りにされたウインナーなどが入っており、上に目玉焼きが被《かぶ》さっている。ほどよい味つけで、するすると胃袋におさまっていく。

「辛口ですか？　僕としては親切のつもりですよ」

「親切う？」

思わずあかねは兄を見る。藍音は真顔でつづけた。

「いくら中学生のラブレターでも、文法が間違っていたり、頻繁に誤字があったら、僕としては心配になりますよ。大人になって恥をかくより、今のうちに間違いを指摘してもらって正せたほうが、そのひとのためになるんじゃないかと思うんですが」

どうやら藍音は本気で言っているらしい。あかねは言葉に詰まった。

「それは余計なおせっかいすよ」

すでに皿の中身を半分食べ終えた若葉が、のんびりした口調で言う。「赤の他人にそんなに親切にしても、相手はけちをつけられたと思うだけじゃないんすかね。学校の先生や親御さんならともかく」

「そんな料簡の狭い女の子にもてても、ありがたくもうれしくもないですよ」

藍音はさらりと切り捨てた。「それに、僕を好きでつきあってほしいというなら、僕の言葉を受け容《い》れてくれるべきなのでは？　だいたい、こういう手紙をくれる女の子たちの頭の中なんて、相手が自分を大切にしてくれるだろうっていう妄想でいっぱいみたいですよ。どうして自分が一方的に好きになった相手が、自分をだいじにしてくれるという考えをいだけるのか、不思議でならないです」

「そんな、決めつけなくても……」

あかねは口ごもった。しかし藍音は肩をすくめる。

「だけど、試しにつきあってみたときにそれはわかったんです。もっとやさしくしてくれてもいいんじゃない、って泣かれましたから」

「それ初耳なんだけど」

「言うほどのことじゃないですし」

「それに、もっとやさしくしてって、いったい何したの……？」

あかねはおそるおそる、尋ねた。とっくにフォークを持つ手は止まっている。若葉は苦笑気味な表情を浮かべつつ、黙々とナポリタンを食べつづけていた。

「何したの、とは人聞きの悪い。僕はただ、人前でやたらべたべたと腕を組んだり、胸を押しつけたりしないほうがいい、安く見られますよ、って言っただけだったんですけど」

黙っていた若葉が横を向いて口を押さえている。笑いをこらえているようだ。あかねはあぜんとした。

「あばずれのような態度は好ましくないですよ、とも言ったんですが、あばずれという単語の意味がわからなかったようなのでそれはよかったですね」

「それは……よかったんすかね……」

若葉はむせながら口の中のものをのみ込むと、ちょっと笑いながら言った。あかねはすぐ上の兄に呆《あき》れた。確かに親切なのかもしれないが、そんなことを言う男はどうかと思う。

「でもそれはちょっと言いすぎなんじゃないの。その子はあいちゃんのこと好きでそうしていたんでしょ」

「もし僕の妹が好きな男相手にそんなことをしたらと思うと、言わずにはいられなかったんですよ」

藍音は最後のナポリタンをフォークに巻きつけながら、あかねを見た。

「わたしはそんなことしないわよ！」

「そうでしょうね。あかねは異性より同性にもてるようだから」

「もてるって」

「まあまあ」

気色ばむあかねを、若葉が止める。「そんな、あかねも怒っちゃだめすよ。藍音は悪気があってやってるわけじゃないでしょうから」

「悪気があったほうがまだましじゃない？　小姑《こじゅうと》みたい！」

「口うるさいのは認めますが、小姑じゃなくて、もしあかねが結婚したら、僕は小舅《こじゅうと》ってやつですよ」

最後のひとくちを食べ終えた藍音はさらりと言ってのけると、からになった皿にフォークを置いた。「さて、じゃあ僕は図書館に行ってきます。夕食のかたづけを手伝いますので、今回はよろしくお願いします」

水回りをリフォームをしたとき台所の調理台の下に内蔵型の食洗機が導入されたが、昼間に使った食器は手洗いするように決められていた。夕食のぶんとまとめて洗うと食器の数が多すぎるので、昼の分は溜め込まないようにしないとならないのだ。朝は各自が水で流す程度の下洗いをして、最後に出る者が食洗機のスイッチを入れるのがお約束になっていた。

「今日はもも兄《にい》が早く帰ってくるそうすよ。夕飯は冷し中華の予定なんで、もし何か買い食いするならそれ以外にしてください」

「わかりました。じゃあ寄り道せずに戻ります」

「いってらっしゃい」

若葉がうなずくと、藍音は自分の食器だけをシンクに入れ、鞄《かばん》を手にして食堂を出て行く。

「なんであいちゃんはあんな性格なのかしら……」

はあ、とあかねは溜息をついた。若葉は困ったようにちょっと笑う。

「藍音がいちばん、口が達者になっちまってるすね」

「ももちゃんに叱ってもらったほうがよくない？」

「でも、藍音の気持ちもわかるすよ、俺は」

若葉はうんうんとうなずいている。「もしあかねが、やたらと男にこびを売るような態度を取っていたらと思うと、俺だっていやすからね」

「そんなことしないってば」

「それは知ってるす。けど、女の子が危ないことをしていたりすると、どうしても俺たちはあかねのことを思い出しちまうんすよ。それは藍音だけじゃなくて、もも兄も、ゆう兄も、めぐ兄もそうだと思うんす」

「……みんな、過保護すぎるわ」

はあ、とまたあかねは溜息をついた。

だから、クラスメイトと夏祭りに行きたいと言えないのだ。言えばきっと、兄たちはついてくると言うだろう。

あかねの兄は五人いる。長男の百太郎《ももたろう》を筆頭に、勇気《ゆうき》、恵《めぐみ》、若葉、藍音。その全員が、あかねを猫かわいがりし、何かとかまってくれる。思春期の女の子としては微妙な反発を感じなくもないあかねだが、両親がいないせいもあって何かと案じてくれるためなのはちゃんと理解していた。だから、兄たちの気遣いをむげにしたり、やたらと反抗的な態度を取る気にはなれない。

しかし、そうした兄たちの気持ちはありがたくはあるが、頭痛の種なのも事実だった。兄たちにとって自分は今でも三つか四つの幼児に見えているのではないかと疑うこともある。

「俺、ちょっと出かけるんすけど、洗いもの頼んでいいすか」

食べ終えた若葉が立ち上がると、食器をシンクに置いて蛇口を捻《ひね》った。水の音に、考え込んでいたあかねはハッと顔を上げる。

「え、どこ行くの」

「志村《しむら》のとこ。あいつ、ろくなもん食ってないっていうから」

よごれた食器を洗《あら》い桶《おけ》に浸《つ》けると、若葉は振り向いた。「なんかつくってやろうと思って」

「志村くんって、お兄さんまだ入院してるの」

あかねが問うと、若葉は振り向いてうなずいた。

「このままだと、あいつもまいっちまいそうで、心配なんすよ……」

若葉が、そのやさしげな顔に心配そうな表情を浮かべた。志村は九十九兄妹《きょうだい》と同じで両親がいないので感覚を共有できるからか、若葉はたくさんいるほかの友人より親しくしているようだ。

「うん……わかった」

あかねがこくりとうなずくと、若葉はホッとしたように笑った。

「ちゃんと鍵《かぎ》をかけて、誰が来ても戸をあけたらだめっすよ。居留守を使うんすよ」

「わかってるって」

　あかねはうなずいた。

　父は、あかねが生まれて一年と経たないうちに亡くなった。母はあかねが小学校に入る前だ。だから兄たちは、幼いあかねがひとりにならずに済むように心を砕いてくれている。この家にひとりでいなければならないときは、誰か訪ねてきても絶対に応じてはならないと言われるのは昔からだ。

「リフォームして洗濯物をお風呂《ふろ》に干せるようになったのは本当によかったすよ。梅雨でも洗濯物が溜《た》まらないから」

「そうね。前は居留守を使ってても、急に雨が降ってきて洗濯物を入れなきゃならないときもあったもの」

「ってわけで、留守番お願いしますよ。めぐ兄は今日は三限までだから、帰ってくるのは夕方すよ。ゆう兄も今日は早いはず」

　若葉はそう言うと、手を振りながら食堂を出て行く。

　ひとり取り残され、あかねは急にさびしくなった。

　確かに兄たちは過保護だ。だが、こうしてひとりになると淋《さび》しいのは事実だから、やたらとかまってくれるのも本当はありがたい。

　しかし、この環境に慣れてしまったら、大人になったとき、結婚して、そうでなくとも自立してこの家を出て行くことができるのだろうか。

最後のナポリタンのひとかたまりをフォークに巻きつけながら、あかねは考えたが、そんな日が本当にくるのか、という気持ちにしかならなかった。


九十九家は、家だけでなく庭もかなり広い。そのかなり広い敷地は土塀で囲われており、庭の片隅には蔵がある。あかねは夏になると、蔵で昼寝をするのが日課だった。蔵の中はひんやりとして涼しいのだ。

どんより曇って蒸し暑いので蔵で昼寝をしようと考えたあかねは、家の戸締まりをきちんとしたあとで蔵に向かった。昔は叱られて蔵に閉じ込められたこともあったが、特に怖いと思うこともなくぐっすり眠ってしまったので、お仕置きにもならなかった。

古い蔵は二階建てで、あかねは昼寝用に一階の板間に古いタオルケットを持ち込んでいる。二階はめったに上がらないが、古い行李《こうり》やブリキ製の蓋《ふた》つきの箱があって、中には古着やなんだかよくわからない道具が詰まっているのは知っている。

一階は、古い箪笥《たんす》や、大小とりどりの木製の箱が雑多に積み上げられていて、それらにもなんだかよくわからないものが入っていた。そのすべてを見たわけではないが、ほとんどがらくたなのはわかっている。がらくたでないものはだいたい、勇気が骨董品《こっとうひん》として売り飛ばしてしまったからだ。

二番めの兄である勇気はそうしたものを見て育ったせいか、バイトで古物の目利きをしているらしい。定職に就いていないのにお金に困っていないのは、そういうものの取り引きをしたり、あとはいかがわしいバイトをしたり、ときにはギャンブルをして稼いでいるからしいが、それについてはあかねはよく知らなかった。勇気もまた、ほかの弟妹に知られないように気を配っているようだ。

「ここは落ちつくなぁ……」

あかねは土間でサンダルを脱いで板間に上がると、片隅に置きっぱなしのタオルケットを引き寄せてうずくまった。ひんやりした空気は寒すぎず心地よい。月に一度は三番めの兄、恵が拭《ふ》き掃除《そうじ》をしているので、埃《ほこり》ひとつ落ちていない板間に、あかねはころりと寝転がった。

あかねが蔵で昼寝をするのが好きなのは、母の夢を見る確率が高いからだった。

仰向《あおむ》けに寝転がると、階段の登り口から二階の天井が見える。蔵に電気は通っているが裸電球だけで今はつけていない。それでも、二階の明かり取りの窓から午後の白っぽい光が射し込んでくるので、暗くはない。もとよりあかねは暗がりを怖いとは思わなかった。目を閉じると、安心する。

おかあさん、とあかねは呼びかける。

また夢で、会えるかな?

＊

一階の、庭に面した縁側に母が座っている。

(おかあさん! きょうはおりがみしたよ!)

幼稚園から帰ってきたあかねが、母にとびつく。(カーネーション! もうすぐははのひだから!)

(あら、まあ)

母はうれしそうに目を細めて、あかねが差し出す折り紙のカーネーションを受け取った。

(ありがとう、あかね。赤いカーネーションね。おかあさんとってもうれしいわ)

(あかいの、すき?)

(赤いのも、あかねが折ってくれたのも、うれしいし、好きよ)

そう言うと、母はあかねを膝《ひざ》に抱いてくれた。母はいつも、いいにおいがした。あまい、花のようなにおいだった。

(赤は、あかねの色よ)

（そうなの？）

（あかねは、夕方の色なの。たそがれの色よ）

うふふ、と母は少女のように笑む。（夜明けと同じ色なの。……夜明けとたそがれは、同じ色だから……忘れないでね、あかね）

忘れないで。

＊

母はときおり、そんなふうに意味深長なことを言った。

ふとあかねは目をさます。いつもなら誰かが起こしに来て目をさますのだが、何故かこの日はざわざわとした気持ちで自発的に目をさました。誰かに呼ばれたような気がしたのだ。起き上がって耳を澄ませるが、特に誰かが呼んでいる声が聞こえることもなかった。

あかねはくたくたのタオルケットを折りたたみ、蔵を出た。夕方で、曇っているが西の空は赤みがかっている。雑草の目立ってきた庭を横切って南側の縁側から母屋《おもや》に上がると、廊下に面した和室の障子があいた。

「お」

中から出てきたのは三番めの兄、恵である。

「あ、めぐちゃん帰ってたの」

「ああ、今だ」

兄はうなずいた。「今、若葉が夕飯をつくっている。冷し中華だそうだ。蔵にいるだろうと思って、いま呼びに行こうとしていた。勇気も帰ってきている」

「うん、ずっと寝てたんだけど、目がさめちゃった。——冷し中華つくってもらうと、夏だなあって思うよね」

あかねはそう言いながら、兄が出てきた部屋を横切って内廊下に出た。すると、玄関先から声がする。

「ただいま〜」

「あっももちゃん！」

あかねは跳ねるようにして玄関まで駆けた。「おかえり！」

急いで玄関扉をあけると、長兄の百太郎が立っていた。

「ただいま、あかね、元気だった？」

戸口でにこにこ笑う百太郎は、両手に紙袋を三つずつぶら下げている。たぶん資料だ。身長も体つきもスポーツ選手のような彼だから、重そうな資料もそれだけ持てるのだろう。

「ごめん、門、閉められなかったから、閉めてきてくれないかな」

「わかった。今日は冷し中華だって！」

「ありがとう～」

古い家なので、百太郎は玄関からすぐ近い自室に入るとき、いつも大仰に頭を下げる。鴨居に額をぶつけるほど背が高いのだ。二メートルはないだろうが、それに近いらしい。

あかねは玄関でサンダルに足を入れ、敷石を踏んで門まで出る。門扉は開け放たれたままだった。百太郎は門を開けることはできても、大荷物のため閉められなかったのだろう。

「あの」

門扉に手をかけてを閉めようとすると、ふいに声がかかってぎょっとした。

薄曇りの空がいつしかゆるやかに晴れて、ところどころから空がのぞいている。西から射し込むまぶしい夕陽を背にして、彼は立っていた。

「君、この家の娘さん？」

声をかけてきた相手を見て、あかねはぎょっとした。

外人か？　とまず思う。茶色というより栗色っぽいつやつやとした髪は、もうすこし淡い色だったら金髪だったのではないか。藍音でこういう顔つきには慣れていたはずだが、話しかけてきた相手はそれだけでなく目が薄いみどりいろだった。顔立ちは一見、凛々《りり》しい女性のようにも見えたが、次に口を開いたとき喉《のど》の動きを見てあかねはすぐに気づいた。男だ。その前に声が低い。それでも一瞬とはいえ性別がわからなくなるほど、彼は中性的だった。きれいすぎるとひとは性別がわからなくなるのだろうかと、ふとあかねは思った。

「届けものを持ってきたんだが、本人に直接渡すように言われてる」

「届けもの……？」

背の高い男は、そう言うと、どこからともなく取り出したものをあかねに差し出す。あかねは、自分でも不思議なくらい、彼を警戒する気にならなかった。

「この宛名《あてな》は君のことかな」

男はそう言うと、手にしたものを差し出した。それは、ごくふつうの白い封筒だった。やたらと手紙に縁のある日だなとあかねは考えつつ、それに書かれた名前を読み上げる。

「『九十九あかね様』……わたし宛て？」

「君だね」

男は念を押すように言った。きれいな顔立ちをしているのに、無表情のせいで少し怖く感じる。だがあかねは怖さより好奇心がまさった。

「これって……」

「過去からの手紙だよ。君宛ての」

「過去？」

「じゃ、渡したから」

そう言うと男はくるりと踵《きびす》を返し、すたすたと去っていく。

「あの、ちょっと！」

「あかね！　メシできたって、若葉が」

あかねが男を呼び止めようとすると同時に玄関から声がして、二番めの兄、勇気が出てくる。

「ゆうちゃん」

男を追いかけ損ねて、あかねは手紙を持ったまま、まだ閉じていない門の内側で振り向いた。

「どうした。――あれっ？」

勇気は訝《いぶか》しげに鼻をひくつかせた。

二番めの兄、勇気は、百太郎とかなり顔がよく似ている。顔だけでなく高い身長と逞《たくま》しい体つきも似ているが、百太郎に比べると好戦的な面もあり、そのせいか少し野性味を帯びて見える。兄たちのうちでもどことなく稚気を残していて、藍音と精神年齢が逆だ、と恵に言われたことがあるくらい、少し手のかかる性格をしている。

「どしたの？」

「なんかいいにおいするなぁ」

「いいにおい？」

あかねは意識して鼻で空気を吸ってみた。だが、少し湿気《しけ》た空気のにおいしか感じない。

「よそのごはんのにおいじゃないの」

「ちがうって、……なんか、花みたいなにおい。今の時季に咲く花ってなんだ……？」

そう言ってから、お、と勇気はあかねが手にしているものを見た。「なんだそれ。ラブレターでももらったのか？」

「それはあいちゃんよ。そうじゃなくて」

「へえ、あいつそんなんもらってるのか」

勇気はおもしろそうな顔をした。百太郎と似た顔つきをしているが、百太郎がほわんと笑うのに比べて、勇気はたちのよくない顔つきをすることが多い。

「今度からかってやろう」

兄たちのうちでも、勇気はいちばん口が達者だ。口喧嘩《くちげんか》では誰も勝てない。藍音には『二流くらいの詐欺師になれる』とまで言われるほどだ。

「やめなさいよ、そんなだからあいちゃんに嫌われるのよ。それより、」

「ああ、そんなことより、……それ、ちょっと見せてくれ」

勇気がふと、真剣な顔をした。そういう顔つきをすると、かなりの男前なのだ、勇気は。

「封はあけないから」

言葉を重ねられ、あかねは手紙を差し出した。それを丁寧に受け取った勇気は、表書きをじっと見つめてから、裏返した。

「やっぱり」と、低く呟《つぶや》く。「これ……親父の字だ」

「……えっ」

思いがけない事実を突きつけられ、あかねは固まった。

「ほら、九十九佑輔《ゆうすけ》って書いてある」

勇気の示した封筒の裏には、父の名が記されていた。

「父さんからの手紙？」

六人で食卓につくと、食堂はひどく狭い。百太郎と勇気、そして三番めの兄の恵は、三人ともかなり背が高く、それに見合った厚みがあるので、この三人がいるだけで圧迫感がすごい。

四番めの兄、若葉も標準以上の長身だが、三人と比べると小柄に見えてしまう。全員長身だが真ん中のひとりだけほかのふたりより五センチほど低いせいで小柄に見られるトリオのお笑い芸人をあかねはふと思い出した。

「この字はそうだと思うんだが」

いつもおちゃらけてものごとを混ぜっ返すきらいのある勇気だが、このときはめずらしく真剣な顔をしていた。

あかねが渡した封筒を見て、ふうん、と百太郎はうなずく。

「そうだね。確かにこれ、父さんの字だ」

今年で三十になる百太郎が高校生のころに父の佑輔は亡くなっている。だから、父親の話を聞くなら百太郎がいちばん確実だ。

「じゃあ本当に、それ、お父さんからの手紙なの……」

あかねはぼんやりと呟いた。

あかねに母の記憶はあるが、父のことはまったく憶《おぼ》えていない。アルバムに写真はあるし、兄たちがいろいろと語ってくれるので存在を疑ってはいないが、あかねにとっては遠いご先祖さまのように思えるのが父だった。

「たぶん、昔に書いたものを誰かが預かってたんだと思うよ。この封筒、ちょっと古いでしょう」

百太郎が封筒の表面を撫《な》でながら言った。確かに、よく見ると封筒は少し黄ばんでいる。

「誰か……あのひとが？」

あかねは茫然《ぼうぜん》とした。「でも、まだ若いみたいだったわ。ももちゃんよりは、若かったと思う……」

「誰かにことづかったんじゃないかな」と、百太郎は答える。「とにかく、あけてみたら？」

すっ、と百太郎は皿のあいだに手紙を置く。今日は若葉が腕によりをかけてつくった冷し中華だ。六つ置かれた冷し中華の皿のあいだにある封筒をつまみ上げる自分の指が震えているのが、まるで夢のようだとあかねは思った。

封筒は丁寧に糊《のり》づけされていた。若葉がキッチンばさみを渡してくれる。あかねはそれを受け取って、丁寧に封筒の端を切り落とした。

中身を取り出すと、何枚かの便箋《びんせん》が折りたたまれて入っていた。

あかねはそれを広げ、目を走らせる。

九十九あかね様

このような手紙を受け取ってさぞ驚かれたことでしょう。

僕は君の父の、九十九佑輔です。

僕もいつまで元気でいられるかわからないので、十四歳の君にあてて、この手紙を書きます。

話せば長くなるので省略しますが、僕とかがりさんは、ずっと前に、あやかしと、生まれてくる娘を花嫁にしてもいいという約束をしました。

でも、僕とかがりさんのあいだには男の子しか生まれていなかったので忘れていました。

というわけで、君が十四歳になったら、あやかしが君のところへ行って、お嫁さんにする、と言うと思います。

本当にごめんなさい。

そのあやかしを気に入ったら、そうしてもいいけれど、気が合わないようだったら、なんとかして断ってください。

九十九家にはあやかし箱があります。花嫁になるのが嫌な場合は、その中にいるあやかしたちに力を借りて、迎えに来たあやかしに帰ってもらってください。

僕がそのときまで生きていたら僕がやれますが、そのころにはたぶんもういないと思うのです。

君に書く手紙がおそらくこれが最初で最後になるのはとても残念ですが、おそらくそうなるでしょう。

あやかし箱に入っているあやかしたちは、言うことをきいてくれないかもしれないですが、君にはお母さん譲りのそういう力があるはずなので、なんとか言うことを聞いてもらえるようになると思います。

いろいろとおかしなことを書いていると思ったかもしれませんが、すべて本当のことです。

僕は君が娘であることがとてもうれしいのですが、同時に、何か面倒なものを背負いこませてしまったのが申しわけなくもあります。

百太郎にも少し話しておきます。

百太郎だけでなく、勇気、恵、若葉、藍音にも、妹を守るように、ちゃんと言い聞かせておきます。

お兄ちゃんたちを頼ってください。

この手紙が届くころ、君たちが仲良く過ごしているといいな、と思います。

最後になりましたが、僕もかがりさんも、君がしあわせであることを、いつも願っています。

それを、忘れないでくれるとうれしいです。

九十九佑輔

あかねはひととおり手紙を読み、もう一度頭から読んで、便箋を食卓に置いた。

「なんて?」と、勇気が興味深げな顔をして訊《き》いてくる。

「ちょっ……と、よくわかんない」

あかねは正直に答えると、まず手紙を百太郎に渡した。

すでに冷し中華の錦糸卵《きんしたまご》をもぐもぐと食べていた百太郎は、手紙をざっと読むと、ああ、と笑った。

「そういえば言ってたよ、父さん。あやかしのこと」

「……ももちゃん知ってたの?!」

こともなげに言う長兄に、あかねはがばっと顔を上げる。いつの間にかうつむいていたのだ。

「あかねを狙ってくるものがいるって」

「あやかし……? 妖怪《ようかい》のことか?」

それまで黙々と食事をしていた恵が、重たい口を開いた。

めぐみ、という響きが女性のようだが、れっきとした男である。

よく八千代にもからかわれるのだが、あかねの五人の兄は、全員が異なったタイプの男前だ。恵は落ちついて涼しげな顔つきが凛々《りり》しく、上のふたりの兄とはあまり似ていない。

あかねとはよく似ていると言われるので、顔の系統が同じなのだろう。

「大雑把にいうとそうなるね」

「兄さんの研究と何か関係あるのか」

恵の問いに、百太郎はちょっと笑った。

「僕のは学問だよ。父さんが言ってるのは、えーと、なんというか……」

そこで長兄は困った顔をした。「そういえば、父さんたちが何をしてたか、みんな知らないんだっけ」

「何、というのは、仕事のことですか？」

丁寧に冷し中華の上のきゅうりをのけていた藍音が、尋ねた。「地主みたいなものだと思ってましたけど。今でも僕たちは、地代で生活費を賄ってますし」

「それ以外に、あやかし退治みたいなことしてたんだよね。わかりやすく言うと拝み屋かな。だから九十九って姓なんだしね」

「九十九って、そういう意味の名前なの？」

あかねは首をかしげた。それを見て、百太郎は苦笑する。

「付喪神、っていう神さまがいる……といっても一柱じゃないけど、うん、ひとが長く使ったものに魂が宿るという考えかたがあって、それを付喪神と称するんだよ」

長兄がにこにこと語り出したので、弟妹たちはそれぞれ口をつぐんだ。藍音など、黙々と冷し中華を食べている。こういう話をし始めると百太郎は長いのだ。

「これは要するに、昔は道具が今みたいに使い捨てじゃなかったから、長いあいだ、それこそ親から子へ、そのまた子へ、みたいに受け継いで使ってたんだ。三代も使ったら百年なんて軽く経っちゃうでしょ？　そうやって長く使われた道具に付喪神が憑いてると言われるんだよ。うちはそれにあやかって九十九姓らしいんだけど、」

そこで百太郎は、はあ、と深い溜息をついた。「おかげで僕、名前が九十九百太郎ってとんでもない字面になっちゃって、インパクト強いから憶えてもらえるけど、キュウジュウキュウヒャクタロウって読まれることもあったよ。でも一太郎にするか百太郎にするかで百太郎になったらしいんだけど、一太郎のほうがちゃんとすぐにツクモイチタロウって読めてよかったかもね。職場で使ってるワープロソフトと同じ名前になっちゃうけど、この百太郎って名前はヒャクタロウと読まれることもとても多くて、そうなるとマンガと同じだし、子どものころは苦労したよ」

「で、兄ちゃん、父さんが拝み屋ってのはほんとなのかよ」

語りが愚痴めいてきいたからか、慌てたように勇気が口を挟んだ。弟妹のあいだでいちばん百太郎と付き合いが長いだけあって、どこにあるかわからない百太郎のスイッチが入ったときのフォローは勇気の担当だった。

え、と百太郎はすぐ下の弟に目を向けてまばたいた。

「あれ、勇気くらいは憶えてない？　父さんが死んだとき、勇気はいくつだった？」

「小学生だったけど、そんな話、聞いた憶えがないぞ」

勇気は胡散臭《うさんくさ》そうに目を細めて兄を見た。「兄ちゃんから拝み屋とか聞くとは思わなかった。そりゃ、仕事にするくらい妖怪っぽいのが好きなのは知ってるけどさ」

「勇気ならともかく、ですね」と、藍音が呟く。「胡散臭すぎる」

「拝み屋ってことは、お祓《はら》いとかしてたんすか？」

少し慌てた口調で若葉が言った。勇気と藍音が少し険悪なやりとりをすると、若葉はそれを取りなすように話題を軌道修正するのが役割だった。要するに、緩衝材だ。

「すごーく大雑把に言うとそうなるね」

百太郎がうなずく。

「そんなの初めて聞くわ」

「話す必要もなかったからねえ」

百太郎はのほほんとしている。確かに、そうかもしれない。あかねにとって不在の父は、ひととなりを伝え聞くだけで、その職業までは気が回らなかった。

「それって、お祓いとかして、お金もらってたってことよね」

「そうだよ」

「……詐欺じゃないの」

あかねがおそるおそる言うと、百太郎はうーんと考え込んだ。

「でも、父さんはわりとほんものだったみたいだよ。いろんなひとがお礼に来てたし。あかねが幼稚園のころは、まだそういうひとたちも家《うち》に来てたけど、憶《おぼ》えてないかぁ」

「憶えてないわ」

あかねはきっぱりと答えた。

動揺がおさまって、やっと食欲がわいてきた。箸《はし》を手にして冷し中華を食べ始める。錦糸卵とハムときゅうりの細切りと麺《めん》を一緒につまんで口の中に入れ、もぐもぐと食べるとやっと胃が落ちついてきた。空腹だったことを思い出したが、あかねは疑問を口にせずにはいられなかった。

「父さんが拝み屋だったのはわかったけど、その手紙の内容、どういうこと？　わたしがあやかしの花嫁とか、なんでそんなことになってんの？」

「さあ。理由は僕も知らないなあ。ただ、あかねが大きくなったら、お嫁さんにしたいと言うやつが来るだろうから、あかねがいやがったら守ってくれとは言われたよ」

「あ、」と、そこで勇気が声をあげた。「それ、俺も言われた」

「俺もだ」

恵が同意する。だが、若葉と藍音はきょとんと顔を見合わせた。

「さすがに俺たちは言われてても憶えてないみたいすね」

「まったく記憶にありません」

ふたりは口々に言う。

藍音はあかねと一学年しか差がないし、若葉はあかねと三学年の差だ。父親が亡くなったとき、若葉は大きくても三つそこそこ、藍音に至っては二つになっていないだろうから、言われていたとしても憶えていられるはずもないだろう。

「とにかく、この手紙に書いてあることが本当だったら、俺たちはこいつを、今まで以上にきちんと守らないとならないってことだな」

いつもはあまりしゃべらない恵がそう告げると、場の空気が重くなる。守る、という言葉に、あかねはなんだかもやもやした。

「守るっていうけど……今だって充分だわ」

「それはおまえがふらふらしないように注意してるだけだろう。この件はそれとは違う」

恵はきっぱりと切り捨てた。兄たちの中でも、恵は特に強くあかねを気にかけている。過保護な兄として友人にいちばんよく知られているのは恵だった。

「あのね」と、あかねは勇気を出して切り出す。「夏祭りに行きたいの」

「夏祭りか」

恵が鷹揚《おうよう》にうなずいた。「浴衣《ゆかた》を縫ってやろう」

恵の家庭内での役割は裁縫である。大学生の男だが、独学で服を自作できるくらいになっていて、今までにもあかねは何着かよそゆき用の服を作ってもらっていた。

「それはありがたいけど、──その、やっちんやゆっこと一緒に行きたいのね」

「つまり、女の子の友だちだけで行きたいってこと？」

百太郎が確認するように問う。あかねはうなずいた。

「だめだ」

きっぱりと言ったのは恵だった。予想通りの答えに、あかねは溜息《ためいき》をつく。

「俺たちもみんなでついていけばいいんじゃねえの」

勇気がとんでもない提案をする。あかねは目を剥《む》いた。

「みんなって?!」

「全員ってことでしょう」

仲がよくないくせに、藍音はすぐに勇気の言葉の意味を察したようだった。

「よし、全員分の浴衣を縫おう」

恵が少し顔をほころばせる。いつも無表情な彼だが、こうした顔をするときは本当に楽しんでいるのだ。しかしあかねとしてはそれどころではなかった。

「ちょっと待って」と、あかねは慌てて兄たちを止めた。「それ、この手紙のせい？」

「そりゃあ……」

若葉が気の毒そうにあかねを見た。「あやかしが狙ってる、って話が本当だったら、危ないじゃないすか」

「といっても、僕たちはそういうものに抵抗する手段は何もないわけなんですが」

藍音が冷静に指摘する。「百《もも》さん、思ったんですが、父さんがそういう、拝み屋的なことをしていたのなら、あかねを狙っているあやかしに対抗する手段もわかるのではないでしょうか？　百さんなら聞いているのでは」

「そうだね。手紙には、あやかし箱があるって書いてある」

「あやかし箱？」

冷し中華をすべて食べ終えた勇気が、箸を置いて、手紙を手に取った。ざっと読むと、ふうん、と少しつまらなそうな顔をする。

「父さんは、あかねがだいじだったんだな」

少し拗《す》ねたような響きを帯びた勇気の声に、あかねはちょっと驚いた。いつも明るい、やや無神経なところのある兄の言葉とは思えない。勇気が見かけや言動によらず、繊細な面を持っていることを、改めてあかねは思い知る。

「勇気、父さんがあかねだけをだいじにしてたみたいな言いかたはよくないな。父さんは僕たちみんなのことをだいじにしてくれてたし、心配してたよ」

すぐに百太郎がそれを受けて言った。「あかねのことは女の子だから心配が多いだけで、僕たちのことはみんなそれぞれちゃんとだいじにしてくれていたからね」

あかねの隣で、藍音がこっそりと鼻を鳴らした。勇気の繊細さを、ほかの誰でもなく藍音がわかっているのではないかと、ふとあかねは気づく。

勇気が置いた手紙を、今度は恵が手にした。それを若葉が気にしたように見ている。藍音は興味がないのか順番を待っているのか、もくもくと冷し中華を胃袋に収めることに没頭していた。

「つまり、このあやかし箱ってやつに、味方になってくれるあやかしが入ってるってことっすかね？」

「味方になってくれるとは限らない気もするけどね」

若葉の疑問に、百太郎が明るくうなずく。あかねは目を丸くした。

「それって……」

「うん？」

「なんの解決にもならない可能性が高いってこと？」

「そこまでは言ってないよ」

百太郎はまた、笑った。この兄はよく笑うが、たいていは困り笑いをしている。そのため真意がはかりにくい。表情がころころ変わる勇気のほうがまだましだ、とあかねは思った。

「でも、父さんもまがりなりにも拝み屋だったなら、それなりの対策は講じてると思うよ。

ごはんを食べ終わったら、ちょっと蔵に行ってみよう。父さんの道具があるかもしれないし、そのあやかし箱って、たぶん蔵にあるから」

「蔵に……」

あかねは目を瞬《しばたた》かせた。なんの気なしに昼寝の場所にしていた蔵に、そんなあやしいものがあったとは。そう考えると、よく今まで何ごとも起きなかったものだと思える。

だが同時に、あやかしの花嫁だの守ってくれるあやかしだのが現実と考えるのもばかばかしい気がした。由紀子が遊んでいる乙女ゲームみたいだ、とも思う。

「とにかく、夏祭りの件だけど、お友だちとだけ行くのは感心しないな。女の子だけなのは危ないよ」

「かと言って、男が一緒に行くのもだめだ」

きっぱりと恵が言う。真顔になるとこわい顔になるが、あかねは慣れているので怯《ひる》まなかった。

「危ないって、そんなにわたし、信用ない？」

「そういうわけじゃないけど、夜に出かけるんだろう？　やっぱり女の子だけっていうのはちょっとね。行くなら、僕たちの全員とは言わないけれど、誰かについていってもらったほうがいいよ」

そう長兄にたたみかけて言われると、反論のしようがない。

どうにも兄たちを説得できず、あかねは肩を落とした。

日が長くなっているので、食事を終えてもまだ夕焼け空だった。

兄妹《きょうだい》全員が事情を知っていたほうがいいからと、六人でぞろぞろと庭を横切って蔵に向かう。

「だいたい、僕たちの名前がちょっと女の子みたいなのは、確か、誰が女の子かすぐにわからないようにするためだって、母さんは言っていたよ」

蔵に向かうあいだ、百太郎が説明した。「僕だって、ももちゃんって呼ばれたら女の子みたいだろう？　勇気も、字を見なかったらどっちかわからないし、恵と若葉と藍音は、ひびきだけなら完全に女の子の名前だよね」

「そ、そういう命名だったんすか」

若葉がショックを受けたように呟《つぶや》く。

「確かに、昔は女のような名前だとからかわれました」

藍音が言うと、恵もうなずく。

「俺もだ」

「っても、名前はともかく、見りゃ男だってわかるだろ、俺たち」

勇気がやや呆《あき》れたように言った。「こんなにでかくなっちまったし。いつも外人みたいって言われるぜ。鍛えてないのにこんなんだし」

勇気の言うとおり、五人の兄のうち、上の三人は二メートル近い長身で、特にスポーツもやっていないのに筋肉質のいい体格をしている。若葉と藍音も年齢にしてはかなり長身だ。聞くところによると、何代か前の先祖に外国人の血が混じっていて、百太郎が彼にそっくりらしい。その遺伝だとしても、町内では五人もそんな男が暮らしているのは目立つので『九十九さんちの』と言われるとすぐにわかってしまうようだ。

「少しでも撹乱《かくらん》したかったんじゃないかな、母さんとしては」

「もし、女の子が生まれてなかったらどうなってたんだろう？」

ふとあかねは疑問を口にした。「わたしが男だったら」

「うーん……もしそうだったら、誰でもいいから連れていかれてたかもね」

百太郎は空恐ろしいことをあっさりと言った。「よく考えたらお嫁さんがほしいってことはたぶん子どもを産んでほしいってことだから、男を連れてったってどうにもならないんだけど」

「それはご勘弁願いたいな」

げんなりしたような顔をして勇気が呟く。

蔵にたどり着くと、戸をあけながら百太郎が、

「そろそろ草むしりをしないとならないねえ」と、言った。「次の日曜日にでもやってくれないかな、勇気」

「なんで俺?!」

指名を受けて勇気は素《す》っ頓狂《とんきょう》な声をあげる。

「若葉は炊事をするから除外。恵は縫いものをしてくれるからこれも除外。藍音は受験生。そうなると君とあかねのどっちかしか手が空いてないんだけど……」

「草むしりやったら、夏祭り行っていい？」

あかねが手をあげると、あーあ、と勇気は溜息をついた。

「なら俺がやるしかねえなあ……」

「何よ、それ！」

兄たちはそれぞれ個性が強く、嚙《か》み合っていないようで、あかねのこととなるとチームワークが異様によい。五対一で太刀打ちできるはずもなかった。

「電気が通っててよかったねえ」

蔵の中は一階だけ電灯がぶら下がっている。裸電球に手を伸ばしてスイッチを入れた百太郎は感慨深げに言った。黄色のあかりが蔵内を浮かび上がらせる。色合いも相まって、古い映画の中に入り込んだようだった。

「さて、あやかし箱だっけ。それっぽいものはここにあったと思うけど……勇気が売り飛ばしてなければ」

「ただの箱だろ？　売ったのは陶器とか掛け軸だけだぜ」

勇気が言いわけがましく告げた。「だいたい、箱っていうけどどれくらいの大きさなんだ？」

「A4くらいかな」

百太郎はう一んと考えながら板間に上がった。「銀色の……ブリキ製だったと思う」

「お父さんに聞いたの？」

「それっぽいものを見たことある、気がする」

六人兄妹の下の三人は学年も近いが、上の三人はそれなりに年齢差がある。長男ということもあって、詳しいのは百太郎だけのようだ。

「あ、これくらいの箱だよ」

百太郎が手で指し示したのは、近くに置いてあった古いクッキーの缶だった。その中身が裁縫道具なのはあかねも知っている。ここで恵が縫いものをするために置いているのだ。

「それだったら見かけたかも。俺は上、見てくる」

勇気はそう宣言すると階段を駆け上がっていき、二階で何か音を立て始めた。そのあとから若葉がのぼっていく。百太郎は近くにあった簞笥《たんす》をあけて中身を確かめ始め、恵と藍音はその裏に回って何が置いてあるかを見ていた。あかねも階段をのぼる。

「あった？」

階段を上がりきると、勇気が、大きな箱の蓋《ふた》をあけて中を覗《のぞ》いているのが視界に入った。

「こういうのっていつまでとっとくんすかね」

行李《こうり》の蓋をあけた若葉が、中に詰まった古着を見て言った。

「着るものとか布の関係は恵の管轄だからなあ」

勇気が箱の中に頭を突っ込んで答えた。箱といっても、あかねひとりなら入れそうな大きさのものだ。

「昔、叱られるとここにもぐりこんでたけど、今じゃもう入れねえな」

勇気は箱から顔を出してあかねを振り返ると、懐かしそうに言った。

「叱られるって、誰に」

「親父。俺はよく叱られてたな」

「いたずらばっかりしてるからっすよ」

若葉が、中身をあらため終えた行李に蓋をかぶせながら言った。「俺は叱られた記憶もないす」

その言葉が少し淋《さび》しそうに感じられるのは、あかねもそうだからだろうか。

学校であかねが仲良くしている八千代は両親が外国にいるので祖母とふたり暮らしで楽

だと言う。由紀子は家族との関係が希薄で、両親の干渉が弱く、やはり気楽らしい。三人で話していると似た境遇のため親の愚痴などは出ないが、ほかの生徒が親の度を超した干渉に嘆く話を聞いていると、少しうらやましい気持ちになることもあった。

「ねえゆうちゃん、お父さんが拝み屋だったってほんとなの」

あかねが近くにあった鏡台や、その近くにあるものを調べながら訊《き》くと、またべつの箱の中を覗いていた勇気は、え、と顔を上げた。

「ほんとだと思うぜ。なんで？」

「だって……拝み屋とか、ほんとにあるの？　というか、いるの？」

「ほんとも何も、兄ちゃんがああ言うんだし、あの手紙は確かに親父の字だし、冗談であんな手紙を書くか？」

「だって……あやかしって」

あまりにも非現実的だ。あかねはその言葉をのみ込んだ。非現実的だと言うのさえ億劫《おっくう》だった。

「あかねは幽霊とか怖いのか」

勇気はニヤニヤした。

「幽霊？」

急に突拍子もないことを言われ、あかねは鸚鵡《おうむ》返《がえ》しをした。「幽霊がなんの関係があるの」

「兄貴が妖怪《ようかい》の研究してるのは知ってるだろ」

勇気は楽しそうに言った。「妖怪ってのは、身元のわからない死人のことを言う場合もあるんだってさ。もちろん、死人って幽霊のことだぜ。たぶん、あやかし、っていうのもそういうのじゃねえかな」

兄の言葉に、あかねはぞっとした。今さらのようにあの手紙の内容が真に迫ってくる。もし勇気が言うように、あやかしが死者の霊を指すとしたら、自分は生まれる前から死人の花嫁になる約束をしているということだ。

「だったら、わたし……どうすればいいの」

「あかねはあやかしの花嫁にはなりたくないんすよね」

若葉が問う。あかねは大急ぎでうなずいた。

「そりゃそうよ。なんだってそんな約束しちゃったんだろ、父さんも母さんも……」

「わかんないすけど、だったら俺たちがあかねを守るしかないすよ」

若葉は邪魔くさそうに髪をかき上げて言った。

「守るっていっても、具体的に何すりゃいいか、全然わかんないけどな。……ん、これじゃね？」

そう言いながら、勇気が再び首を突っ込んだ箱の中から何かを持ち上げた。

勇気の手にした長方形の缶はブリキ製のようだ。表面には何枚か紙が貼られている。紙には何かの模様のような文字が書かれているが、年代を経たためか色が相当に薄まり、何か所か紙も端からめくれていた。

「これ、お札《ふだ》みたいだな」

「お札？」

勇気は箱を持ったまま立ち上がり、あかねに差し出す。あかねはおっかなびっくり、それを眺めた。確かに、貼られた紙はお札に見えなくもない。

「ああ、なんかにおう」

「なんかって何……」

勇気は箱に鼻を近づけて、くん、と蠢《うごめ》かせた。

「俺さぁ、なんかいるとにおいでわかるみたいなんだよな」

「なんかって」

あかねは困惑して繰り返す。

「ゆう兄はにおうんすか。俺はさわれるみたいっすよ」

若葉が言うので、あかねは目を丸くした。

「え、それってどういうこと？　ふたりとも、幽霊とかいるとわかるってこと？」

「幽霊かどうかはわかんないっすけど」と、若葉がまじめくさって答える。「わりと前から……なんかよくわかんないもんがいると、さわってる感じがするんすよ。ぐにゃぐにゃして」

「俺はにおうな。よくないもんだとくっせえんだぜ。いいやつは、すごくいいにおいがする。香水みたいなにおいがな」

「それはどんなにおいがするの」

あかねは少し怖かったが、興味もまさって尋ねた。箱を手にした勇気は、ぎゅっと眉《まゆ》を寄せる。

「……森のにおい」

勇気はそう言うと、箱を小脇に抱えてさっさと階段を降りていく。そのあとに若葉がつづくので、あかねも慌ててあとを追った。

「あったぜ！」

階下に降りると、勇気が箱を百太郎に差し出していた。「これじゃないかと思うんだけど」

「もう見つけたのかい」

簞笥の抽斗《ひきだし》を閉じて、百太郎が振り向いた。勇気が近づくと、その箱を前に思案する。

「ああ、これだと思うよ。どうやってあけるんだったかな……」

「こうすればあくんじゃね？」

勇気は箱を抱えたまま、蓋に手をかけた。

「おい……！」

止めたのは、恵だ。しかし勇気はいきおいで蓋をあけてしまう。

「え？」

箱の中が、あかねには見えた。まっくらだった。

闇だ。

その中から、きらきら光る星のようなものが跳び出した。

「ちょっ……！」

さすがに勇気も慌てたように蓋と箱を放り出した。箱の中からしゅわしゅわと、まるでドライアイスの白煙が溢《あふ》れるように、うすぼんやりした闇が溢れ、中の星がきらきらと飛んでいく。

「やべっ」

勇気は慌てたように蓋を拾うと、箱にかぶせようとした。その時点で闇は消え失《う》せ、星もくるくると回りながら飛び散っていく。

星々は、お伽噺《とぎばなし》の妖精《ようせい》のように、こまかな光を振りまきながら頭上を漂い、やがていっせいに飛び散った。

「いてっ」

蓋を閉めようとして指を挟んだらしい。勇気は自分の手を庇《かば》いながら箱から手をひいた。すぐに藍音が跪《ひざまず》き、落ち着き払って蓋を閉じる。かん、という音がして、箱はしっかり閉ざされたようだ。

「今の……」

百太郎があたりを見まわしながら呟《つぶや》く。「あやかし、みたいだね」

「ということはつまり、ここに入っていたものは、みんな逃げてしまったんですね」

藍音が溜息《ためいき》をつく。

『あたりまえだ』

聞いたこともない声がふいに響いた。あかねはぎょっとしてあたりを見まわす。今の声は兄たちの誰の声でもなかった。

『やつらはいつも外に出る隙をうかがっていたのだからな』

聞き覚えのない声は足もとから響いていた。あかねは跳び上がりそうになりながら後退《あとずさ》る。

「え、なんすか、今の」

若葉が下を見てきょろきょろする。

「……これか？」

恵がかがんで、何かを拾い上げた。

弟が手にしたものを見て、百太郎が声を上げた。「どこにあったんだろう。懐かしいなあ。なくしたと思ってたよ」

そう言う兄に、恵は手にしたものを渡す。

『懐かしいも何もあるか！』

くたくたしたうさぎのぬいぐるみが、百太郎の手の中でしゃべった。

あかねだけでなく、百太郎以外の全員が目を丸くして、うさぎのぬいぐるみを見つめる。

『貴様が俺をここに封じたのだろうが！』

「……えっ」

糾弾され、百太郎は目を瞬かせてうさぎのぬいぐるみを見た。百太郎の手が大きいので、うさぎのぬいぐるみは手の中にすっぽりおさまっている。

「君、僕のこと知ってるの？」

兄が真顔でうさぎのぬいぐるみに話しかけるのを、あかねはじっと見つめた。シュールだ。そうとしか言いようがない。

『知ってるの？　だと?!　このあんぽんたんが！　貴様は俺を踏みつけたのだぞ！』

「えっ……僕が、君を？」

百太郎は考え込むような目つきをした。

「それ、僕のだ！」

うさぎのぬいぐるみは、そんな百太郎の手の上でぴょこんと立ち上がる。

「立った……」

「自立してますね……」

若葉と藍音が口々に呟く。恵は鋭く目を細めてそれを睨《ね》めつけ、勇気はぽかんとするばかりだ。

「そんな、ぬいぐるみを踏んだことなんてないと思うけど……」

百太郎が言うと、ぬいぐるみのうさぎは、その愛らしい顔をひどくゆがめた。つぶらな瞳《ひとみ》が鋭くなっている。どう見ても悪者の目つきだ。

『ぬいぐるみではないッ！　俺をこの中に封じ込めたのは貴様だろうがッ！』

「封じ込め……？」

『ぐぬぬ』

立ち上がったうさぎのぬいぐるみ、その姿がふいにぼやける。と、そのぴんと立った長い耳のあいだに、白いものがとぐろを巻いて現れた。

「白いうん」

「せめてソフトクリームと言ってください」

言いかけた勇気を遮って、キッと藍音が睨《にら》みつける。

確かにそれはソフトクリームに見えなくもなかった。だが、よく見ると白いへびだということがわかる。

「あっ」

それを見て、百太郎は声を上げた。「君、あのときの！」

『思い出したか』

しろへびは勝ち誇ったように鎌首を持ち上げた。『俺は貴様に踏みつけられた白蛇《はくじゃ》の雷《らい》電《でん》だッ！』

「そういえば君、そんな名前だったねえ」

百太郎はにこにこした。「懐かしいなあ。草むらにいるから踏んじゃったんだよね。思い出したよ。でも君、ひどいよ。僕はちゃんと手当てしたのに、怒って僕を取り殺そうとしたんだよね」

「えええ……」

あかねは思わず声をあげた。悪びれない兄の態度に驚いていたのである。しろへびといえば、よく知らないあかねでも、大切にしなければならない存在ではないかと想像がつく。それを踏んづけたのでは、仕返しをされてもしょうがないのではないだろうか。

しかし百太郎はさらに驚くべきことを言った。

「あのころ父さんに教わったばかりの方法で、君をこの中に入れたんだっけ。よく入ったよね」

『おかげで今も出られぬ。出せ！』

「やだよ。出したら君、また僕を取り殺そうとするでしょう」

ふう、と兄が溜息をつく。「ほら、ちゃんと中に入って」

百太郎は、ぬいぐるみの頭に載っているしろへびを指先で押した。それがするするとぬいぐるみの中に入っていく。

『貴様ァッ！』

百太郎の手の上で、うさぎのぬいぐるみが地団駄を踏んだ。可愛らしい。その鋭い目つきさえなければ、うさぎのぬいぐるみは踊っているように見えただろう。

「それ……どうするの？」

「とりあえず、戻ろうか」

百太郎はうさぎのぬいぐるみを握りしめると、そう言った。


一階の両親が使っていた和室は、今では恵が寝起きしている。大きいTVセットがあるのはこの部屋だけなので、みんなで見たい番組があるときはここに集まる。

丸いちゃぶ台が置かれた和室の押し入れを、部屋の主《あるじ》である恵がごそごそ探っている。

「何してるの」

「いや、ちょうどいいものがあってな」

あかねが訊《き》くと、恵は押し入れの奥から何かの箱を取り出した。また箱か、とあかねは思う。今日は手紙と箱ばっかりだ。

「これにサイズが合うんじゃないか」

「あ、それいいね」

箱の蓋《ふた》をあけると、中には小ぶりの家具が入っていた。椅子やテーブル、それに合わせたミニチュアの食器まで入っている。

「めぐ兄、なんでこんなもん持ってんすか」

若葉が、ごく素朴な疑問を投げかける。

「確か、おさがりでもらったんだ、兄さんに」

恵が『兄さん』と呼ぶのは百太郎である。ちゃぶ台にうさぎのぬいぐるみを置いた百太郎は、え、という顔をした。

「僕が？」

「人形とセットだったけど、人形をなくしてしまったからと言っていた」

「それ、このぬいぐるみとセットだったんだと思うよ。たぶん勇気にあげてもよろこばないと思ったから、恵にあげたんじゃないかな」

「何故、俺にくれてよろこぶと思ったか謎だが」

恵はやや眉《まゆ》を寄せた。

「それって若葉が生まれる前じゃないかな」

百太郎は明るく笑った。「それで、僕が持ってても遊ばないから、ちっちゃい子にあげたほうがいいかなと思ったんだよ、きっと」

当時はちっちゃかったであろう恵は、百太郎とさして変わらぬ大きさの手で、箱の中から椅子を一脚つまみ上げると、ちゃぶ台に置いた。

「座るといい」

厳かに言われ、うさぎのぬいぐるみはきょとんとしたが、やがて、とん、と椅子に腰掛けてふんぞり返った。

そのさまがとても可愛らしく、あかねはなんだかうきうきしてきた。

「ねえねえ、この子、お洋服とかつくって着せてあげたくなっちゃう」

「よし、つくってみるか」

恵が大まじめな顔をして言った。

「それより、……その、この箱から出て行ったもの、ほっといていいんすかね？」

ブリキの箱を手にしているのは若葉だ。

『ほうっておくがいい』

ふんぞり返ったうさぎのぬいぐるみが言った。『どうせたいしたあやかしはいなかったぞ。せいぜい、人喰《く》い鬼やら犬神やら、巫蠱《ふこ》の土蜘蛛《つちぐも》、その程度だ。しかも、ヒトにこき使われて生き存《なが》えていたような輩《やから》ばかり』

「人喰い鬼?!」

あかねがぎょっとして声をあげると、ふふん、とますますうさぎのぬいぐるみはふんぞり返った。椅子がロッキング・チェアならゆらゆら揺れていただろう。

「ねえ、このサイズでロッキング・チェアって作れないかしら」

「つくれないことはないと思うすよ」

答えたのはまだ箱を持っている若葉だ。「ところでこの箱、中にいたのがいなくなったら、もうあけてもいいんすかね？」

『それはもともとただの箱だ。札を貼っているから中から蓋をあけられず、出られなかっただけだ』

うさぎのぬいぐるみが偉そうに教えてくれる。

「ねえ、ところで、君はずっと中にいたんだよね。中にはそういう、人喰い鬼とかのほかにも、いろいろいたの？」

『知りたいか』

百太郎が問うと、うさぎの顔が、にい、と笑う。たちのよろしくない笑みだ。

「よければ教えてほしいなって」

『貴様のような愚かな人間に教えるようなことは何ひとつない』

ぷい、とうさぎは顔を逸《そ》らした。本体は白蛇とはいえ、そういう態度をぬいぐるみがとるとただただ愛らしい。しかし物言いは無礼にもほどがあった。完全に『人間』を見くだしているようだ。

「人間を愚かっていうことは、君はとっても賢いんだね！」

百太郎が感心したように言った。「だったら、僕たち愚かな人間にもわかりやすく説明できるんじゃないかなあ？　賢いんだから、できなくないよね」

勇気が顔を微妙に歪《ゆが》ませながらそっぽを向いた。明らかに百太郎の口調は揶揄《やゆ》を含んでいるように聞こえたからだ。しかし百太郎は大まじめである。たぶん本人にそんな気はさらさらないのだろう。

『説明も何も、貴様らに教えても何がわかるというのだ』と、うさぎは相変わらず偉そうだ。『あのあやかし箱は、いろいろなあやかしが詰まっていた。それだけのこと』

「どうしてそんなことになってたのか、本当に、僕にはよくわからないんだけど」

『俺も知らん』

「僕たちより賢いのに、知らないことがあるの？」

百太郎が言葉を重ねると、うさぎはムッとしたように百太郎を睨みつけた。

『俺はあの中にいたほかの者たちとはちがう！　貴様にこの中に封じ込められて、貴様の父親にあのあやかし箱に入れられただけだ！』

「どう違うんすか？」

何故か箱を手に取った若葉が、恐る恐る蓋をあけ、隙間から中を覗《のぞ》き込む。「それに、この箱、今はなんのへんてつもない箱に見えるんすけど……」

隙間から見て何もなかったからか、若葉は蓋を完全にはずして開いた。ブリキの箱は、何かが入っていた形跡も残っていない。強いて言えば、ややふるびて埃《ほこり》っぽく思えるくらいか。

『俺以外のあやかしは、誰かほかの者に封じられたのだ。俺は違う。俺は、この間抜け野郎に踏みつけにされたあげく、封じられたのだ』

「間抜け野郎に封じられるなんて、間抜けな話だ」

ぼそりと呟《つぶや》いたのは恵である。

するとうさぎのぬいぐるみは、跳び上がってきいきい喚《わめ》いた。

『貴様！　俺を間抜けだと言ったのかッ』

「間抜けじゃないよ」

百太郎が指を伸ばして、なだめるようにうさぎの頭を撫《な》でた。「とにかく、あの箱の中にはいろいろなものがいたのはわかったけど、……それが逃げちゃったってことは、ひょっとしてよくないことなのかな？」

『あの者たちにとっては逃げおおせられて運がよかっただろう。人間にとってはよからぬことかもしれないが』

ふん、とうさぎは顎《あご》をそびやかした。『中にいた者たちは、ほとんどすべてが人間に恨みを持っていた。逃げ出したからには、人間への恨みを晴らす機会をうかがっているに決まっている』

「……え」

あかねは思わず目を瞠《みは》った。「ねえ、うさぎさん、それって、あの星を連れ戻さないとまずいってことじゃないの……」

『うさぎさんではないッ。俺は雷電だッ』

「その、雷電、あの星があやかしってことなのよね？」

あかねが言い直すと、地団駄を踏んでいたうさぎはこくりとうなずいた。可愛らしい。可愛いが、それどころではない。

『そうだ。まずいかどうかなど俺が知るか。放っておけば何かしでかすかもしれんが、それは俺には関わりない』

うさぎのぬいぐるみ、の中にいる雷電は、意外に懇切丁寧に答えてくれた。ひょっとして彼は口調が荒いだけで、実はかなりいいひと……あやかしなのかもしれない。

『これからいろいろなことが起きるだろう』

ぬいぐるみはもったいぶったように言う。ニヤニヤしているので、やはりいいあやかしではないなとあかねは考えを改めた。

「何が起きるっていうんだい？」

百太郎が、さほど危機感のない顔をして問う。

『愚かな人間どもにわかるわけがない』

「本当は何が起きるか知らないんじゃねえの」

ぼそりと呟く勇気を、キッとうさぎは睨《にら》みつけた。

『知っていても貴様には教えん！　これから貴様らは、あやかしに惑わされるだろう！』

唾《つば》でも飛ばしかねない勢いで、うさぎはきいきいと喚いた。結局教えていることには気づいていないようだ。

「なるほど、ありがとう」

しかし百太郎は礼を口にした。「つまり、出て行ったあやかしは人間によくないことをしちゃう可能性が高いってことだね」

「ごめん！」

それまで黙っていた勇気が、両手を合わせて頭を下げる。「箱をあけたのは俺だ。俺、……なんとかする」

「なんとかっていったって、闇雲にどうこうできるとは思えませんよ。何か対策を考えたほうがいい気がします」

藍音が冷静に指摘する。「だいたい、僕たちに、あやかしをなんとかするなんて、できそうにないじゃないですか。だからあかねが狙われてるなら助けてもらえないかあやかし箱の中のあやかしに頼む、ってことになったわけですから」

「とりあえず、見つけることはできると思うよ」

百太郎がさらりと言う。

「ももちゃんは、雷電をこれに封じ込めたんでしょ？　今もできるの？」

あかねが訊《き》くと、百太郎は苦笑した。いつもと変わらぬ困り笑顔だ。この顔を見ると緊張感が和らぐ。

「それはわからないけど、何かおかしなものがいたら見えるよ」

「俺は聞こえるな」

「僕は味でわかりますよ」

恵に次いで、藍音が言った。あかねはぽかんとして、兄たちを眺める。

「みんな、そうなの？　ゆうちゃんはにおいでわかるし、わかちゃんはさわれるんでしょ？　みんな、そういう、幽霊みたいなものがいたら、わかるの？」

あかねの問いかけに、五人の兄はそれぞれが戸惑ったような顔をした。自分だけが取り残されたような気がしてくる。

「そういうのができないの、わたしだけ……？」

「だいじょうぶだよ、あかねは僕たちで守るから」

にこっと百太郎が笑う。あかねはそれでも釈然としなかった。

兄妹《きょうだい》六人の中で、自分だけができないのだ。それがひどくさびしい気がした。

「まあなんにせよ、今の時点で僕たちができることって何もないと思うんだ。今夜はこれでおしまいだね」

百太郎が言うと、恵がさきほどのミニチュア家具の詰まった箱から何かを取り出した。ベッドだ。

「これで寝るといい」

恵がぼそりと言いながら、ベッドをちゃぶ台に置く。うさぎがぴょこんと椅子から立ち上がった。

うさぎがベッドに横たわると、サイズはちょうどよかった。それに恵がちいさな上掛けをかけてやる。

「ぴったりだな」

恵は無表情にうなずいた。しかし兄が満足していることをあかねは察する。

『ふむ。これはいいな』

うさぎは満足したようだった。

「よかったわね」と、あかねは笑いかける。

するとうさぎはつぶらな目を丸くしてあかねを見上げた。

『貴様は俺が怖くないのか』

「怖いって、どうして」

『俺はこのような間抜けなものに封じられているが、もとは白蛇だ。あやかしだぞ』

「べつにまだ何も悪いことされてないのに？」

あかねが問い返すと、うさぎは微妙な顔つきをした。くたくたのぬいぐるみが、怒っているのか笑っているのかわからない表情を浮かべるというのも不思議な話だ。

『今はこの状態に甘んじているが、いつかそこにいる間抜けな男を取り殺してやろうと考えているのだぞ』

「……ねえ、思ったんだけど」

あかねは用心深く言葉をつづけた。「とりころすって、今すぐできないんでしょ？」

『それは仕方ない。俺はここに封じられているから、自在に力が使えない』

「だったら、ただの可愛いぬいぐるみじゃない」

あかねは思わず、笑いながらうさぎの頭を撫でた。うさぎは不服そうな顔をする。

『白蛇を可愛いとは、かわった女だ。危ないとは思わないのか』

「あぶないって……あっ、もしかして毒とか持ってる？」

ふと思い当たって、あかねは撫でていた手を止めた。

『まさか。俺はもとは神聖な存在だったのだ。毒などなくとも人間ごとき、簡単に退けることのできる力を持っていた』

うさぎは、鼻息荒く言いながらぴょこんと起き上がった。

「なのにももちゃんを取り殺そうっていうの？」

『踏みつけにされて半死半生にされたのだ。仕返しをされないほうがおかしくないか』

「手当てはしたんだよ。ちゃんと元気になったじゃないか、君」

百太郎が弁解しながら頭を掻《か》く。

「そういうことって、したほうは忘れても、されたほうは憶《おぼ》えているものですよ」

藍音がうんうんとうなずいている。どうやら彼には雷電の気持ちがわかるらしい。

「ええっ。じゃあどうすればゆるしてくれるんだい？」

百太郎がまじめな顔をしてうさぎのぬいぐるみに尋ねた。

『どうもこうも、その命を俺によこせば気が済む。だからこの封印を解け。そうすればすぐにでも殺してやろう』

「それは困るよ。せめて百年後とかだったらいいけど」

「もも兄は百年後も生きてるつもりなんすか……」

若葉がびっくりしたように呟いた。

『よし!』

うさぎのぬいぐるみがミニチュアのベッドの上に立ち上がった。『百年後だな!』

「えっ」

うさぎの手……前肢《まえあし》を突きつけられ、百太郎は目を瞬かせる。

『百年後に、俺の封印を解くというのだな!』

「……それでいいの?」

『約束しろ! 百年後に、俺の封印を解いて俺に殺されると!』

「いいけど」

百太郎が戸惑いながらうなずくと、うさぎのぬいぐるみは高笑いをした。

『愚かな人間め! 俺にとって百年などまばたきひとつのあいだに過ぎんのだぞ!』

ひとしきり笑うと、勝ち誇ったように雷電は告げる。

百年後、と考えて、あかねは溜息《ためいき》をつきそうになったが、なんとかこらえた。

『それにしても、俺を踏んだことをあっさり忘れているとは、繰り返すが、人間とは誠に愚かなものだ』

うさぎはぶつぶつ言いながら、再びベッドに横たわると、自分で上掛けをたぐり寄せて掛けた。ぬいぐるみの目が閉じられる。やがて寝息が聞こえてきた。

「寝ちゃった……」

あかねは呟いた。

ぬいぐるみはどうなっているのか、ちゃんと目を閉じている。その寝顔を見ていると、さきほど『あやかしに惑わされる』と言われたのを思い出す。あやかしという漠然とした名称と、惑わすというよくない印象の言葉に、気分が少し落ち込んできた。

もし本当に、家から出て行ったあの星々が何かの騒動を起こすとしたら、それは自分のせいではないだろうか。自分たちがあの箱を探し出してあげなければ、……父の手紙にあるとおり、箱に頼ろうとしなければよかったのか。

「ぬいぐるみとは思えない器用さですね。本当に寝てしまうとは」

藍音の皮肉を帯びた声に、あかねは我に返る。「ところで恵さんは何をしているんですか」

「これが、そいつのじゃないかと思ったんだが」

見ると、ミニチュア家具の詰まった箱から、またしても恵が何か取り出したところだった。大きな手が、ちいさな服をつまんでいる。

「あら可愛い」

思わずあかねは声をあげた。今までの暗い気持ちがすうっとやわらいでいく。

恵の大きな手の上にあるせいか、薄いピンク色のそれはひどくちいさく見えた。丸襟や袖《そで》についたフリルなども古びて強《こわ》ばっているが、精巧につくられている。

「ワンピースね」

花柄模様のワンピースを恵に渡され、あかねは顔をほころばせた。ちいさいものはとても可愛い。これをうさぎのぬいぐるみに着せてみたいとあかねは思った。

「このぬいぐるみ用すかね」

「ということはそいつ、女の子なのかよ」

若葉と勇気の言葉に、百太郎はうなずく。

「そうだよ、確か。その子は女の子のはず」

その子というのは、ぬいぐるみ本体だろう。

「でも、中に入ってるのはそうじゃないわよね……」

あかねはちらっと恵を見た。恵はわずかに眉《まゆ》を上げる。

「なんだ」

「その、女の子の服を着せたら怒りそうだから、つくるなら、男の子の服をつくってあげてほしいなと思ったんだけど」

「いいぞ」

恵は鷹揚《おうよう》にうなずいた。「明日、何か布を買ってこよう。ついでに浴衣《ゆかた》の反物も買ってくる」

「浴衣って、本気なの」

恵の突然の言葉に、あかねは目を丸くした。

「夏祭りに行くんだろう。柄は何がいい」

「えっ」

行くとしても兄たちが一緒に行くのだ。そう考えると微妙だが、浴衣の柄、と聞いて、あかねはわくわくしてきた。柄は何があるだろう、と考えを巡らせる。

「俺は、」

「男は適当に選ぶからな」

勇気が何か言いかけるのへ、恵はあっさりと告げた。

「ちぇー。紺の絣《かすり》がいいと思ったのに」

「金魚がいい」

思いついたあかねが言うと、少し恵は眉を寄せた。

「昔、着てたな」

それは、母がまだ生きていたころにつくってくれた浴衣の柄だ。それを恵が憶えてくれていたのが、あかねはうれしかった。

「うん！　ああいうのがいい」

「同じものは無理だが、できるだけ似た柄を探そう」

恵がにこっと笑う。笑うと、強面《こわもて》の彼も雰囲気がやわらいで、やさしげに見える。いつもそういう顔をすればいいのに、とあかねは思った。

それから全員のサイズを測ることになった。てんやわんやで採寸を済ませると、順に風《ふ》呂《ろ》を使って就寝となる。

うさぎのぬいぐるみは、恵の部屋に置かれたままだった。ミニチュアのベッドで眠るうさぎのぬいぐるみがあまりにも可愛いので、あかねは自分の部屋に連れていきたかったが、兄たちに止められた。

自室に戻ると、しずかだったが、同じ屋根の下に兄たちがいる気配がした。

翌日からは授業が午前だけだ。予習を軽く済ませ、明日の用意をすると、あとは寝るだけになる。

寝ようとして、ふとあかねは、父の手紙を持ってきていたことに気づいた。机の端に置いてあったそれを取り上げる。

今まで父のことはあまり考えたことはなかった。あかねにとって父の記憶は遠く、兄たちが父親代わりになってくれたためもあった。母を亡くしたときは泣き暮らしたが、やはり兄たちのおかげで忘れられた。

「ごめんね、お父さん」

手紙に向かって、あかねは語りかける。「忘れてて、ごめんなさい」

父はどんなひとだったのか。拝み屋といっても、あかねにはほとんどイメージができない。お祓《はら》いをしていたのかな、くらいしか思いつかなかった。

しかし、兄たちが全員、それぞれあやかしの存在をさほど疑っていないどころか、感知できるというのがあかねには少しショックだった。自分だけ、わからない。それが悔しくもあり、さびしくもある。

しかし父の手紙には『君にはお母さん譲りのそういう力があるはず』とある。では、自分でわかっていないだけで、そういう力があるのだろうか。考えたが、さっぱりわからなかった。

もともとあかねは、幽霊や妖怪《ようかい》などにまったく興味がない。ある程度の知識はあるが、それは百太郎が研究対象にしているので、その影響でしかない。クラスの女の子たちがたまに放課後にやっているコックリさんにもまったく興味がない。

それどころか、幽霊が出るから夜道を歩くのがいやだ、などということも考えたことがなかった。防犯上の意識として危ないというのはわかっている。生きている人間のほうがよほど怖いだろう。お化け屋敷も、何が楽しいのかと思う。怖い怖いと言いながら、実録系のオカルト話を読む子たちの気持ちもまったくわからない。

そんな自分に、幽霊や妖怪をどうこうする力があるのだろうか。

ふとそこであかねは気づいた。『お母さん譲りのそういう力』というからには、母にもそういう力があったのだろう。

いったい、両親はどういうひとたちだったのか。

それに、いったいどんなわけがあって、娘をあやかしの花嫁にすると決めてしまったのか。

それを考えると、父も母も無責任な気もしたが、この件に関しては現実味がないせいか、まだ害も被っていないからか、特に腹も立たない。

ぬいぐるみが歩いてしゃべっても、ふしぎだとか、可愛いと思いはするものの、あかねは未《いま》だにピンときていなかった。

「わたし、お兄ちゃんたちと仲良くしてるよ」

父がそのことをよろこんでくれるといいな、とあかねは思った。

さきほども、自分たちのせいではないかと暗い気持ちになりかけたが、兄たちがいれば、自分たちがしでかしたこともなんとかできるのではないかという気がしてくる。兄たちにそういう力が少しでもあることが心強い。といっても、兄たちに全面的に頼るわけにはいかないとも思った。

「お母さん譲りの力って、どんなのかなあ……」

あのうさぎのぬいぐるみが言ったように、逃げていった者たちが何かよからぬことをしても、それをなんとかできる力だろうか。そうであってほしいとあかねは考えた。

今は兄たちに守られてばかりだけれど、もし本当にそんな力があるのなら、いつかは自分も兄たちを守れるようになるかもしれない。

そのためにどうしたらいいかはさっぱり見当がつかないが、なんとかなるのではないだろうかという気が不思議と強くして、あかねは少し、落ちついた気分になった。


百太郎の部屋は一階の、玄関を入ってすぐの和室だ。もとは客間だったのだが、中学時代の勇気が頻繁に夜遊びに出かけるので、それを捕まえるためにこの部屋に住むようになった。

「なぁ、兄ちゃん、どう思う？」

勇気が引き戸をあけて中に入ると、中には兄の百太郎どころか、弟たちも全員集まって鎮座していた。いっせいに視線を向けられ、さすがの勇気もぎょっとする。

「遅いですよ、勇気」

藍音が肩をすくめた。

「なんだよ、みんな来てたのか」

「あかねが心配なんで、もも兄に相談しようと思ったんすよ」

若葉がうなずく。

広い和室に家具はなく、片隅にふるびた座卓があるきりで、壁ぎわにはさまざまな本が山積みだ。書棚はないので、百太郎は本に囲まれて眠っているのだ。

その、毎晩、百太郎が寝る広いスペースに五人は円座になって膝《ひざ》を突き合わせる。

「俺、確かに昔、父さんに、あかねを迎えに来るやつがいるかもしれないから追い返せとは言われたんだよな。だけどそれって、いつか彼氏ができて結婚を申し込みに来ることだと思ってた」

勇気が口火を切ると、

「俺もだ」と、恵がうなずく。

「まあそう思うよね、ふつうは。でもあれは、たぶんあやかしのことだったんだと思うよ」

百太郎はう一んと考え込んだ。

いつもにこにこして温和に見える彼だが、実のところそれは仮面だと、兄妹《きょうだい》の中でもいちばん長いつきあいで勇気もわかっている。ただ、それを意識してやっているわけではないのでたちがわるい、とも秘《ひそ》かに思っている。

「あやかしって、要するになんなんすか？　妖怪？　幽霊？」

若葉がごくもっともな問いを投げかける。それは勇気も疑問に思っていた点だ。

「説明するのはむずかしいねぇ。僕はいちおう、こういうふうに理解してるけど」

百太郎は前置きすると、ちょっと笑って語り出した。「死んだひとが生きている者の前に現れると、『幽霊』って呼ばれるだろう？　それは身元がわかっているからなんだ」

「身元、ですか」と、藍音が不思議そうな顔をする。

「つまり、死んだあとにまで出てくるってことは、何か伝えたいことがあったり、恨みがあったりすることがほとんどで、そういう心当たりのあるひとのところに出てくるって認識なわけなんだけど」

「なるほど……」

若葉がうなずいている。

「そういうのが『幽霊』だけど、そうじゃないのが『妖怪』って認識らしい。つまり、のっぺらぼうとかは、顔がないだろう？　誰かわからない幽霊だから『妖怪』のくくりになるんだよ」

「ということは、妖怪は死んだ人間ってことなんですか？」

藍音がさらに問う。

「と、思われている。そうじゃないものももちろんいるんだけど。付喪神《つくもがみ》とかね」

「俺たちの名前の由来ってやつ？　それって、ものに憑《つ》くやつだろ？　それも妖怪なのか？」

勇気の言葉に、兄は苦笑した。

「妖怪とか、物怪とか、あやかしとか、ややこしいけど、そういう分類は明確じゃないと思うよ。このへんはむずかしいね。ひとによって考えかたが違うから」

うーん、と百太郎は腕組みをした。「それに、あかねをお嫁さんにしたいっていうあやかしは、いま話したようなやつじゃないらしいんだ。要するに、人知を超えた、神的存在じゃないかなって」

「かな、ですか……」

藍音がぼそりとつぶやいた。「曖昧《あいまい》ですね」

「昔、神隠しってあっただろう？　神さまに攫《さら》われて、戻ってきたら何も憶《おぼ》えてなかったとか、いつの間にか子どもが宿っていたとか。そういう例はほとんど、いなくなっていたあいだの事情をひとに語れなかったことが多いようなんだけど、そうした中に、本当に神さまに攫われていたひともいるらしいんだよね。――あかねもそうなる可能性が今のままだと高いってことだと、僕は考えてるんだ」

兄の言葉を聞いて、恵がきりりと眉《まゆ》をつり上げた。

「それはだめだ」

「もちろん」と、百太郎が即座に答える。「僕たちはどうしてもそれを阻止しなきゃいけない。あかねは可愛い妹だからね、意にそわないことをさせたくない」

「……具体的にどうするんすか」

若葉が、戸惑った顔で問う。

「できるだけひとりにしないことかな。学校はだいじょうぶだと思うけど、この家にいるときは」

「じゃあ、夏祭りに行くときは、やっぱり誰かしらついていかないとだめですね」

藍音がむずかしい顔をしてうなずく。「あかねはいやがりそうですが……」

「誰かしらっていうか、みんなでついていったほうがいいと思うぜ。女の子ばっかりって危ないだろ」

勇気は提案した。年ごろの女の子だけで夏祭りなんて、と勇気は思う。おかしな男に連れて行かれないとは限らない。それに、あかねは可愛いのだ。勇気は心底そう思っていた。少し背が高めで言動に女の子っぽくないところもあるが、見た目は充分に可愛い。ひいき目があるとしても、可愛いのは客観的事実だった。

「それはともかく、僕たちにできるのは、あかねに目を配って、あやしいものが近づかないように、あかねも自分から近づかないようにすることしかできないよ。できれば相手をやっつけることができればいいんだけど……」

「兄ちゃんはあのぬいぐるみにへびを封じ込めたんだろ。それ、できないの」

「できればいいけどねえ……」

勇気が訊《き》くと、百太郎はますます眉間《みけん》の皺《しわ》を深くして繰り返した。「子どものころのほうが、そういうことはできたみたいなんだ。大人になるとそういう力は弱まることがほとんだから。感覚が現実に添うようになって、非現実的なものは受け容《い》れなくなるんだよ」

「百さんは本当にそういうことができたんですか」

藍音が改めて尋ねた。それは勇気にも疑問だった。今の百太郎の語り口では、そうした超然的な、あやかしなどという得体の知れない、実在も疑わしいものと関わり合うことを、現実にあることとして百太郎は受け止めているとしか思えなかった。

「あんまりよく憶えてないけど、あのぬいぐるみがそう言うし、そうなんだと思うよ」

百太郎は天気の話でもするように答えた。

「それにしても、しろへびを踏んづけるとか、怖いすよ。俺だってよく知らないけど、しろへびって神さまとかじゃなかったすか」

少し臆病《おくびょう》なところのある若葉が、心配そうな顔をする。

「そうだね。彼は、たぶん僕が踏んづけたことを根に持ったから、最初は神さま系だったのが、あやかしになっちゃったんじゃないかな」

「え、そういうこと?」

勇気はさすがにびっくりした。「それってつまり、兄ちゃんがあいつをあやかしにしたってこと?」

「そうかもしれない」

そこで百太郎はさすがに神妙な顔をした。「だから、……まぁ、百年後まで生きてる気はしないけど、彼に殺されるのはしょうがないかなって思ってる。そうしないと、彼の気が済まないだろうね」

「兄さんを殺して気が済むとしても、あいつはあやかしから神に戻れるのか？」

恵がもっともな疑問を口にした。

「さあ。……人間が死ぬと、神道では『神』になるだろう？　名前の後ろに『命《みこと》』ってついて神として祀《まつ》られるけど、それが何かのきっかけで神格を失うと、妖怪と呼ばれるようになるんだと僕は考えてる。その理屈が事実かどうかは別として、神格を失うのは身分がなくなることと同義なら、身元がわからなくなるようなものだから、幽霊が妖怪《ようかい》になるように、あやかしになるんじゃないかな。彼が、……雷電だっけ。あのしろへびがあやかしになったのが僕に踏まれたせいだとしたら、責任は取らないとね」

「まあ……人間も踏まれたらさすがに頭に来るしな」

兄の覚悟を聞くと、理に適《かな》っている気はした。しかし、自分が怒らせた得体の知れないものの名前を『だっけ』などと曖昧に語るとは、さすがに百太郎だと勇気は感心する。兄は、興味の薄い対象にはまったく関心を持たないのだ。見てくれがよく、若いのに准教授という肩書きをもらってしまったため女子学生にまとわりつかれることが多々あるようだが、百太郎はまったく気づかないらしい。あるいは、気づいていても完全に無視しているのかもしれない。

「僕のことはいいよ。とにかく、逃げ出したあやかしを集めて、力になってくれるように頼まないとね。頼んでもだめだったら、あの箱に戻ってもらったほうがいい気がする。雷電が言ったように、何かよくないことをするかもしれないなら」

百太郎がきっぱりと言う。

「だが、探すのも戻ってもらうのも、どうしたらいいんだ」

恵が重々しく口を開いた。

「専門家に頼むしかないかなあ……父さんみたいな拝み屋とか」

「拝み屋なんて、今でもいるんですか？　いるとしても、相当に胡散臭《うさんくさ》いんですが。お金だけとって、できなかったとか言いそうで」

藍音が危惧《きぐ》するように言った。家計の管理をしているのは何故か年少の彼なのである。経済観念がしっかりしているからと、百太郎がまかせたのだ。

「今はそういうのがほとんどだろうね。だけど本物のひともいなくはないから、そういうひとを探すしかないなあ。あてがなくはないから、連絡とってみるよ」

「あて、あるんすか」

若葉がびっくりしたように言う。

「なくはないよ。ただ、それなりにお金がかかるらしいからなあ……」

「お金か……」

勇気は腕組みをして考え込んだ。

正直なところ、九十九家は裕福ではない。大黒柱の長男は持ち出しのほうが多い研究職だし、次男の勇気に至ってはときどき臨時収入はあるが定職もない。三男以下は全員学生だ。

百太郎は全員を大学に行かせるつもりらしいが、今のところ収入は親が遺《のこ》してくれた不動産の地代だけで、それも六人が働かず生活するので精一杯だ。余分に割く資金などなかった。

「でも僕の知ってるひとは、ずーっと前だけど僕がいろいろと協力したから、その引き換えに都合はつけてくれると思うよ」

「そのひとだけあてにするわけにも行かないですから、僕たちもそれぞれでいろいろやってみようと思うんですが、百さんとしてはどうでしょう？」

藍音がきまじめな顔をして百太郎を見た。百太郎はそれに笑いかける。

「そういえばさっき、藍音は味でわかるって言ってたよね。みんなも別々の感覚で、そういうのがわかるって言ってたけど……」

百太郎は少し思案するように顎《あご》を撫《な》でた。「僕は見える。勇気がにおいで、恵が音で聞こえて、若葉はさわれるんだっけ……ということは、全員が五感のどれかしらで察知できるのか。なるほど」

ひとりごちてうなずいてから、百太郎はぐるりと弟たちを眺めた。勇気は思わず背筋を伸ばす。兄が真剣な顔をするときは、ちゃんと話を聞いておかねばならない。

「僕たちにできることがあるなら、できるだけやりたいよね。あかねを守ることもだけど、あの子はたぶん、今回の件を自分のせいじゃないかって気に病んでると思う。だけどあれは僕たちのせいでもある」

兄の言葉を聞きながら、勇気はうなずいた。勇気としても、自分が箱をあけたせいであんなことになってしまったので、責任感を覚えていた。何ごともなく済めばいいが、雷電が言ったようにただではすまない可能性も小さくはないように思えた。

「そういう意味では、僕たちも何かしなきゃならないよ。ひとの手を借りられるようになるまでは、自分たちで対応していこう。ただし、危ないことはしないようにね」

「わかりました」

藍音が答え、若葉と恵は黙ってうなずく。

「よっし、あしたから俺はちょっと町内を見て回るわ」

「いいかい勇気、あくまでも無理しすぎないようにね」

兄に釘《くぎ》を刺され、勇気は神妙な顔をつくってうなずいた。

【其の弐】

翌日は試験あけなので朝礼があった。雨が降ったため校庭ではなく講堂に集合なのがありがたかった。朝から長々と校長の講話を聞く。月が変わり、もうすぐ夏休みだが気を緩めないように、と一言で済ませられる内容を十分ほどかけて話されると、校庭でなくとも倒れそうになる。

それから連絡事項があり、解散となった。

教室に戻ると、いつもなら担任が現れるところだが、何故か別の教師がやってきて、担任がしばらく休むことになると告げた。具合が悪いらしい。夏風邪かな、ぐらいにしか、そのときあかねは思わなかった。

だが、午後になって帰るまでに噂が広がってきた。

「先生、具合が悪いんじゃないらしいよ」

帰り道、八千代《やちよ》が言った。

「どういうこと？」

「橋を渡ってたら魂を抜かれたんだって」

八千代の言葉に、あかねは目を丸くした。

「それ、うちも聞いた」と、由紀子《ゆきこ》がうなずく。「見たひとがいるんだよね」

「そうそう。それで病院に運ばれて、体はなんともないけど意識が戻らないんだって」

少し考えてから、あかねは尋ねた。

「橋って、どの橋？」

「河川敷の公園の手前のとこだって」

そう言われてすぐにどこかわかった。家からだと歩いて十五分ほどの場所だ。

「それにしても、……魂って、なんでそんな話に」

詳しい事情を知りたかったが、根掘り葉掘り訊いて不審に思われるのも避けたかったので、そんなふうに訊いてみた。

「夏だからじゃないの」

「こわいね」

八千代と由紀子が口々に言う。ふたりとも、これをただの噂話として聞いているようだ。

だが、あかねの頭には昨夜の一件があった。逃げていったあやかしたち。『あやかしに惑わされる』と言っていたうさぎのぬいぐるみ。そんなものがぐるぐると頭の中でまわっている。

「先生、早くよくなるといいね」

由紀子がおっとりと言った。三人のいるクラスの担任は三十代の女性教師で温和だが、生意気な生徒もうまく御している なかなかの好人物だった。うまが合わないという生徒もいなくはないが、総じて受け持ちの生徒には好かれていた。あかねも大好きとまでは言わないが、そこそこいい先生だなぁ、とは思っている。

そんな担任の不具合が、あのとび出していったあやかしのせいだとしたらと考えると胸の底がすうと冷たくなるような錯覚をおぼえた。

それでもなんとか気を取り直し、なんでもない態度を取り繕ってふたりと話すように努めた。話題はころころと転がって、先生の話から学校の話になり、途中でふたりとわかれてからは早足で家まで歩いた。五分ほどで着いた家にとび込むと、すぐに玄関扉が内側から開く。

「おかえり、あかね。早かったな」

中から出てきたのは勇気《ゆうき》だった。「門のあく音でわかったぜ」

「ただいま。――ゆうちゃんがこんな時間から家《うち》にいるなんてめずらしいわね」

「しばらくいることにしたんだよ。おまえがひとりだと危ないからな」

だから勇気が玄関先まで鍵《かぎ》をあけに出て来てくれたのだ。だがその言葉に、あかねはややもやついた。

勇気はいつも昼間はどこかに出かけていて、家にいないことがほとんどだ。そんな彼がわざわざこうして出迎えるために外出しなかったのが、自分のためだと考えると心苦しい。それに、兄たちから見れば確かに自分は危なっかしいのかもしれないが、それは過保護すぎないだろうか。そんな気持ちになったのである。

「めし、つくっといたぜ。食う？　炒飯《チャーハン》だけど」

しかしそんなもやつきも、勇気の言葉にふっとんでしまう。授業が午前で終わるときの空腹感は、食べ盛りの中学生にはつらいものがあるのだ。

「たべるー！」

炊事は若葉《わかば》の受け持ちだが、若葉がいないときはほかの者もやる。もちろんあかねだって自分の食事くらいつくれるが、空腹をかかえて帰宅して、すぐに食べられるのはありがたい話だ。

自室で着替えてすぐに食堂に戻り、勇気のよそってくれた炒飯を食べ始める。勇気は先に食べたらしく、自分のお茶をいれると席に着いた。

「何か変わったことあったか？」

半ば身を乗り出すようにして訊《き》いてくるのは勇気の癖だ。

「べつにない……こともなかった」

そう前置きして、あかねがさきほど八千代に聞いた話をすると、勇気は眉《まゆ》を寄せた。

「魂を抜かれた、ねえ……」

「もしそれがほんとなら、あのあやかしのせいかもしれないよね」

「だよな。兄ちゃんが帰ってきたら言っとく。今日は夜遅いだろうから、おまえは早く寝ろよ」

百太郎《ももたろう》が早く帰宅するのは週のうちでもせいぜい火曜と金曜だ。それもたまに二十一時を過ぎ、午前様になることもある。勤めている大学まで距離はさほどないが、乗り換えに手間がかかるのだ。自動車通勤できればいいのだが、あいにく九十九《つくも》家には庭に置くスペースはあっても、自家用車を購入する経済的余裕がない。

「ただいまー」

玄関で声がした。すぐに制服姿の若葉が、両手に鞄《かばん》とスーパーの袋をぶら下げて食堂に現れる。

「今夜は冷や麦っすよ」

「冷や麦だけ？　足りねえよ」

「おかずはゴーヤチャンプルーっす」

スーパーの袋の中身を冷蔵庫に詰めながら、若葉はシンクと調理台をちらりと見た。

「ゆう兄が昼飯つくったんすね……」

「おう。おまえも食べていいぞ」

「散らかしっぱなしにしないでほしいっす」

確かに、調理台の上はいつも若葉が使うよりごちゃついていた。道具はシンクに放り出されたままだし、ガス台の周りには炒飯のくずが飛び散っている。

「これがいやだから俺が炊事するって言ってるんす」

「悪かったよ」

勇気は素直に謝るとシンクの前に行き、ふきんを濡《ぬ》らして絞ってガス台を拭《ふ》いた。放り出したままの菜箸《さいばし》なども洗って定位置に戻す。

「使ったふきんはちゃんと洗って干しておいてくれると助かるっす」

鋭い目で勇気の行動を見ていた若葉は、そう言うと食堂を出て行った。

「厳しいなあ、うちの賄いさんは」

「でも、きちんとしておけば叱られないわよ」

「確かにそうだな」

やれやれと勇気は溜息《ためいき》をつくと、再び自分の席に腰掛けた。「それよりさっきの話だけど、河川敷の近くの橋って、ここから近いじゃないか」

「どう考えてもうちから出てったやつらよね。どうにかならないかしら」

「どうにかって言ってもなぁ……」

勇気は複雑な表情を浮かべた。短気で負けず嫌いの勇気だが、だからといって単純すぎるわけではない。

「確かにどうにかしたいけどさ。俺が箱、あけちまったんだし」

兄の台詞《せりふ》に、あかねはちょっと失敗したかな、と思う。勇気はちゃらんぽらんに見えて、かなり神経質な面もあるのだ。実はちゃらんぽらんなのは見せかけで、本当は相当にくよくよするたちなのを隠しているのかもしれない。――というのは考えすぎか。

「というより、ゆうちゃんってこういうのは頭が回るじゃない。何か思いついてるんじゃないかなって」

「おっ、期待されてる？」

ややくらい顔になりかけていた勇気が、ガラッと明るい表情になる。あかねは少しホッとした。勇気が暗い顔をしているのは似合わない。

「まあね。ゆうちゃんは、うちでいちばんずるがしこいから……」

「いやあ、それほどでも」

褒めてないのに勇気は照れ笑いを浮かべる。寸前まで落ち込みかけていたのにこの態度なので、あかねは安心した。勇気はたぶん自分のしたことを気にしてはいるが、気に病んではいないのだろう。

「ところで」

階段を降りる足音が聞こえたかと思うと、着替えた若葉が食堂に戻ってきた。「うちの学校の先生が倒れたらしいんすが、噂じゃ幽霊に取り憑《つ》かれたんじゃないかって言われてるすよ」

「わかちゃんとこも?!」

びっくりしたあかねは炒飯を食べていたスプーンを取り落としかけた。

「え、ってことはあかねのとこもそうなんすか?」

「うちは担任の先生が……橋のところで魂を抜かれたって噂になってる」

「マジすか。うちもそうすよ。女の先生で」

「あかねの担任も女だったよな」

勇気が確かめるのに、あかねはうなずいた。

「そうよ」

「おんなじやつがやってそうだな」

兄の言葉に、あかねは不安になった。

逃げていったものたちをなんとかしなくてはならない。だが、なんとかといっても、どうすればいいのか。捕まえてあの箱に戻すにしても、どこにいて何をしているか、わからないのだ。

「そんな顔すんなよ」

勇気はそう言って、あかねの頭に手をのばした。大きな手でぐしゃぐしゃと撫《な》でられ、短い髪が乱れた。あかねは髪の始末が煩わしいので、いつもうなじにかかるほどの短さにしている。前は恵《めぐみ》に切ってもらっていたが、さすがに中学生になってからは美容院に行けと言われ、三か月に一度は勇気に連れられて行っていた。

「うん……」

兄にひとしきり撫でられて、あかねは溜息をつきそうになったがこらえた。

自分には何もできないのだろうか。そんな焦燥が胸に湧く。

「ゆう兄はちゃんとつくれるんだから、あとかたづけさえきちんとしてくれれば言うことないのに」

そのあいだに若葉は自分の炒飯をよそって食べ始めていた。「うちの学校の先生は、今年で産休があけて復帰したばっかりだったらしいすよ。だからご家族も困ってるって」

「そうなんだ……」

産休があけたばかりということは、家族には赤ん坊も含まれるのだろう。あかねはそう考えて胸がひりついた。生まれて少し経っているにしろ、母親がいなくて平気でいられるはずはないだろう赤ん坊のことを考えると、悲しい気持ちになる。

「おい」

ふいに、のそりと大きな影が食堂に入ってきた。恵だ。はっとしてあかねが見ると、恵は少し怒ったような顔をした。

「どうしたの、めぐちゃん。いるとは思わなかった」

「それはこっちの台詞だ。おまえこそ、どうした、そんな顔をして」

「顔？」

あかねは握っていただけのスプーンを皿に置くと、自分の両頰をさわった。

「……まあいい。それより、今から出かけようと思ったんだが、あれがいない」

「あれって」

「うさぎのぬいぐるみ」

「えっ」

思わずあかねは立ち上がった。「ど、どっかに行っちゃったのかしら」

「昼前まではいたと思う。腹が減ったと言っていたから、何か食えるものを探しに行ったのかもしれん」

恵の説明に、

「あれ、腹減るのか！」と、勇気が驚いた声を出す。

「さがそ！」

あかねは叫んだ。「めぐちゃんたちは家の中、見て！」

兄たちの答えも聞かず、あかねは廊下にとび出すとそのまま玄関まで駆けた。さっきまでのもやつきや悲しみを原動力にしたかのようにいきおいよく外へ出る。唯一残ったしろへびまでもがいなくなったらと思うと気が気ではない。それにあれも何かよくないことをしでかさないとは限らない。百太郎を百年後に殺すというから油断していたが、それまでずっとこの家で大人しくしているとは限らないのだ。

あかねは裸足《はだし》で敷石の上をとんで門の外に出る。左右を見まわして、路上にいる影にハッとした。

「……あなた昨日の」

その影が近づいてきて、誰かわかる。雨上がりの曇り空の隙間から射し込む陽光に、髪がきらきらした。

「これは、君の家のものだろう」

昨日、手紙を持ってきた男が、手にしたものをあかねに差し出した。くたくたのうさぎのぬいぐるみだ。

「そうよ！」

どうして突然現れた男がそれを知っているのか、あかねは不思議に思うことなく答えてぬいぐるみをひったくった。

「どこでこれを」

「その先の角に落ちていた」

「落ちて……？」

ふいにあかねの手の中で、ぬいぐるみはくたりとうなだれたまま、うんともすんともいわない。あんなに動いていたのは夢だったのだろうかとあかねは疑った。

「じゃ、返したから」

男はそれだけ言うと、くるりと踵《きびす》を返して去っていく。

「あの、ありがとう！」

あかねが叫ぶと、男はびくっとして振り返った。その顔が意外そうな驚きに彩られている。礼を言っただけでその反応はなんだろうと、あかねは怪訝《けげん》に思った。

「どういたしまして」

笑った。

はっとするような、きれいな笑顔だった。

あかねはぼんやりとそれに見とれる。

きれいな男だから、それだけで好きになる女の子もいるだろう。だが、その笑顔にはそれ以上の魅力があった。兄が五人いて、男前など見慣れていると思っていたあかねすら、少しぐらっとしたほどだ。

あかねがぼんやりしていると、男は角を曲がって姿を消す。と、とたんにあかねの手の中で、もぞもぞとぬいぐるみが動いた。

『やれやれ、まったく、なんということだ』

　ぬいぐるみのうさぎが、甲高い声で喚《わめ》いた。『少しでもこの家から離れると自由が利かんとは、まったく！』

「おい、あかね、せめて靴はけよ」

　後ろから勇気の声がした。あかねはぬいぐるみを握りしめつつ振り返る。

「ゆうちゃん、いた！」

　あかねはぬいぐるみを握りしめた手を兄に向かって突き出す。しかし勇気は怪訝そうな顔をして、戸口と門までの途中で頭を巡らせる。

「あれ……またあのにおいがする」

　ふと、眉《まゆ》をひそめて呟《つぶや》く兄を、あかねは見上げた。

「あのにおい？　って？」

　問うと、勇気ははっきりしない顔つきをした。

「これ……昨日と同じ、においか？」

『握りしめるな！』

　ふいにあかねの手の中で、きいきいとうさぎが喚く。『苦しい！』

　あかねは慌てて、ぬいぐるみを握る力を弱め、勇気のほうに向けた。

「あっ、ごめん」

「あかねは力、強いからなぁ。──それより、なんで外に出てったんだよおまえは」

『腹が減ったからだ！』

ギッ、とぬいぐるみは鋭い目つきで勇気を睨《にら》みつけた。『この家から少し離れたら、この皮さえ動かせなくなったところを、あの者に拾われたのだ』

「あの者って」

「拾ってくれたの。きのう手紙を届けてくれたひとが」

「なんだって？」

勇気が険しい顔をすると、大股《おおまた》で門まで行って首を突き出し、あたりを見回した。

「もういないわよ」と、あかねはそれに声をかける。

「よく考えてみたら、確かにあの手紙は親父の字だから、親父からの手紙ってことでいいんだろうが、なんで、誰が、どうして持ってきたんだってのも気になるんだよな」

勇気は戻ってくると、ひとりごちるように言った。

『それより俺は、こいつが俺を握ったら空腹がおさまった意味を知りたいぞ。気を喰《く》ったにしろ、こんな感じは滅多にないことだ』

うさぎのぬいぐるみが喚きながら腕を振り上げた。やわらかい布地が、くたくたとあかねの手の中で動く。

「へえ〜。おまえ、人間より賢いのにそれもわかんねえの」

ニヤニヤして勇気が言うと、ますますうさぎは手足をばたつかせた。可愛い。可愛いが少し痛い。あかねはそっと手を開いて、うさぎのぬいぐるみの後ろ首を持ってつまみ上げる。

『貴様、俺を愚弄《ぐろう》するかッ』

「愚弄じゃなくて、ほんとのことだろ。俺たちより賢いはずのおまえにわからないんだったら、俺たちにだってどうしてかはわかんねえぜ」

勇気は肩をすくめた。「とにかく、家から勝手に出るなよ。ぬいぐるみが歩き回るとかホラーだろ」

『ぐぬぬ』

うさぎのぬいぐるみが唸《うな》った。ぶらさがっているのでじたばたするのはやめたようだ。

「ごめんね、おなか減るって知らなかったのよ。何を食べたらいいの？」

うさぎのさまがあまりに可愛らしいので、あかねは同情して尋ねた。

『ヒトの気だ。ほんのぽっちりあればいい』

ぶらさがったまま、うさぎはちらりとあかねを見た。あかねは目を瞬かせる。

「え、じゃあさっきの、気を喰ったって、もしかして、わたしのなの？　だから動けるようになったの？」

『おそらくそうなる……だが、喰おうとして喰ったわけではない』

ぐぬぬとうさぎはまた唸った。その言い回しに、あかねは首を捻《ひね》った。

「食べたくなかった？　まずかったとか？」

『ちがう。俺はヒトが、何かを憎んだり恨んだりする気のほうが口に合う。だが貴様はそういう気を持っていないだろう』

「まあ、そうね」

うさぎのぬいぐるみから発せられた言葉に少し驚きつつ、あかねはうなずいた。確かに、特に誰かを憎んだり恨んだりしているつもりはない。

『なのにどうして俺は動けるようになったのか……腹も減っていない。何故だ』

「賢いなら考えればいいじゃん」

勇気がニヤニヤしながら言った。うさぎの可愛らしい顔がますます剣呑《けんのん》になっていく。

『考えた。理由もそれなりに推測がつく。しかしおまえには教えてやらん』

「別にいいけど。知りたくないし」

「一階には見当たらなかったぞ」

そう言いながら、恵が出てくる。

「あ、めぐちゃん、いたよ！」

「どこに」

「外に出てた」

恵は、あかねの手の中のうさぎを見て、ふむ、と呟いた。

「……いたならいい。俺は今から少し出かけるから、二階で若葉が探し回ってるのに教えてやってくれ」

「おい、若葉！　もう探さなくていいってさ！」

勇気が顔を上げて、外から二階の窓に向かって声を張り上げる。ご近所迷惑もいいところだわ、と内心であかねは溜息《ためいき》をついた。そのあとで若葉の返事がどこからともなく聞こえた。

「この子、おなかが空《す》いて、たべるものを探しに出たんだって」

「何を喰うんだ」

恵が訊《き》くと、うさぎのぬいぐるみはつんと鼻面をそらした。

『ヒトの気だ。しかしおまえたちの気は、喰おうとしても喰えなかった』

「でも、わたしのはたべられたの？」

『……おまえのは、気がおかしい』

あかねはぎょっとする。その言い回しでは、別の意味にも取れる。

「おいおい、ひとの妹をおかしい扱いか」

それまで黙っていた勇気がうさぎの顔を覗《のぞ》き込むようにした。

『そういう意味ではない。……ふつうの人間は、さまざまな気を持っている。俺たちは、そうした人間の、負の気を喰らう。……しかしおまえは、』

うさぎのぬいぐるみは、戸惑ったようにあかねを見上げた。

「あかねが、なんだって？」

勇気が促した。出かけると言ったのに恵はその場で黙って聞いている。

『滲《にじ》んでいる。気が、……それはどうやら余剰のようだ』

「わたしの気をたべて元気になるんだったら、たべればいいじゃない」

『本来ならば、寿命が縮むところだ。しかしこの気は余って滲み出ているから、いくら喰っても差し障りはないだろうな』

怖ろしい目つきで、うさぎはあかねを睨んだ。あかねはぎょっとするが、なんとかぬいぐるみを放り出さずに済ます。

「そ、そうなの……？　だったら、いいんじゃないの」

「寿命が縮むってどういうことだよ」

勇気が気色ばんだ。「あかねが早死にするっていうのかよ」

『そうではない！』と、うさぎは同じくらいのいきおいで喚く。『それに、縮むといっても刹那《せつな》程度の長さだ。寿命にさわりがあることはごくまれだ』

「刹那？？？」

「数の単位だな」

あかねが首をかしげると、恵が答えた。「梵語《ぼんご》だ。あとは自分で辞書で調べろ」

「載ってるかな」

「広辞苑《こうじえん》なら載ってるだろう。兄さんに借りろ」

「本当にあかねにはなんともないんだろうな?」

勇気が繰り返して尋ねた。

『くどい！　こんなふうに気が溢《あふ》れている者はめったにいない。――だから花嫁とやらに求められるのではないか』

うさぎのぬいぐるみは、どこか言いにくそうに告げた。恵が眉を上げてぬいぐるみを見る。

「なるほど……」

「おまえけっこういいとこあるじゃん」

恵がうなずくと、勇気はニヤッと笑って、あかねの握るぬいぐるみに手を伸ばした。その額、耳より前の部分を指先で撫《な》でる。

「よしよし、いい子だな」

『ばかにするなっ』

「ばかになんかしてねえよ、感謝してんのよこれでも。理由がわかれば対策が取れるだろ。――つまり、あやかしはあかねの持ってる気を、餌として気に入ってるって意味だな」

『そうなる』

ふん、とうさぎは鼻面を天に向けた。

「気をつけろというわけか」

恵も、ニヤリとした。そういう表情をすると、顔の造作はぜんぜん違うのに、勇気とよく似ているように見えた。恵は寡黙なので温和に見られることも多いが、常態が冷静なだけで、喜怒哀楽は人並みにあるのだ。

「礼に、何かいいものを縫ってやろう」

「あ、もしかして布を買いに行くのか」

じゃあな、と門へ向かう恵に勇気が声をかける。「気をつけろよ」

「了解」

恵は門から出ると、振り返った。「そっちも留守番、頼んだ」

「ああ」

「いってらっしゃい」

あかねが手を振ると、恵は路地を歩いて去った。

「ねえうさちゃん、もう家《うち》から出てったらだめだよ。危ないから」

『うさちゃんではないと言っているッ。それに、危ないとはどういう意味だ』

「だって、動けなくなっちゃったんでしょ。親切なひとが拾って届けてくれたからいいけど、知らないひとに捨てられたり持っていかれたりしたら、戻ってこられなくなるよ。そうしたら百年後の約束だってどうなるか」

『……』

うさぎはふくれっ面で黙ってしまった。あかねはそれを、勇気の鼻先に突きつける。

「ゆうちゃんからも、ちゃんと言い聞かせてよ」

「……あれ」

勇気は、うさぎのぬいぐるみを前にして、目を丸くした。「おまえ、なんでそのにおいがすんの」

『におい？』

「きのうも玄関先でこんなにおいがしてたぞ」

勇気はそう言いながら、あかねの手からぬいぐるみを取り上げ、鼻先をその腹に押しつけた。

『やめろ！　くすぐったいっ』

「これ、おまえのにおいじゃねえな……おまえのは、これだろ？　水と葉っぱのにおい。

――おまえってほんとは、わりといいやつだよなぁ」

勇気は少し得意げに呟《つぶや》く。「性根が腐ってたらこんなにおいしねえもんなあ。っても、くさいやつが悪いとも限らないんだが……」

ひとしきりにおいを嗅《か》いで気が済んだのか、勇気はぬいぐるみをあかねに返した。「あかね、炒飯《チャーハン》が食べかけだから、皿をかたづけるなり食べちゃうなりしてくれ。洗うのは自分でやるか若葉に頼めよ」

「あ、うん……」

言いながら家に入って行く兄の広い背中を見ていると、ふいに取り残されたような気がしてきた。勇気のさきほどの態度から察するに、ほんとうに彼はにおいで何かを判別できているのだろう。

せめてそういう、わかりやすい何かが自分にもあればいいのになぁ、とあかねは思いながら、足のよごれをはらって家に入った。


翌日、学校では『河川敷公園の近くの橋を渡ると魂を抜かれる』という噂で持ちきりになっていた。また被害者が出たらしい。話を聞くところによると、今までわかっているだけでも三名の女性が、橋を渡りきる前に倒れて病院に運ばれている。

「うちの先生と、高校の先生と、あと保育士さんだって。みんな女のひとで、三十代くらいって話だよ」

八千代がくれた情報で、あかねは被害者の共通点を知った。

「三十代の女性が狙われてるってこと？」

「そうなるね」

　由紀子が控えめにうなずく。

「と思うよね、やっぱり」

　だが、学校に流れている噂では、三十代などと年齢にかかわらず、女の子はあの橋を渡らないほうがいい、という尾鰭《おひれ》がついていた。

　河川敷公園は、夏休みの終わりに花火大会が催される場所である。くだんの橋はそこそこ道幅も広く、花火大会のときは橋の上から見ている者もいた。

　その橋に行けば、何かわかるかもしれない。そんなことを考えながらあかねがふたりと別れて帰宅すると、家には勇気と恵がいた。

「今日は若葉、友だちと遊んでくるってさ。俺はこれから出かけるから、メシ食うなら恵につくってもらうか、自分でつくれよ」

　階段をのぼる前に食堂を覗き込んだあかねに、勇気が告げた。帰宅すると、自然とこの食堂兼台所に誰もが一度は姿を見せる。九十九家では食堂は、よその家でいうところの茶の間のような役割を果たしているのだ。

「ゆうちゃん、今日も留守番しててくれたの」

「なわけねーだろ。午後から出かけるつもりだったんだよ」

勇気が家にいたのは昨日と同じであかねを心配してのことだろうか。単に今まで出かけていなかっただけかもしれない。そう考えたあかねが訊くと、勇気は指先であかねの額をつついた。

「気が向いたらバイトしてくるわ。天気にもよるけどな」

梅雨ではあるが、降ったりやんだりして一定していない。今日も朝は降っていたが、あかねが帰宅するころには曇り空だった。

バイトといっても勇気はいろいろなことをしていて、骨董品《こっとうひん》を扱う店やら酒を飲む店やら、百太郎の伝手《つて》で発掘作業にも携わることがあるらしい。さらにギャンブルの趣味もあり、たまに『とてもいえないけど犯罪じゃない』バイトで荒稼ぎもしているらしいが、それを百太郎が叱らないのは、ちゃんと家に生活費を入れ、保険や年金もきっちり自分で払っているからだった。

「わかった。気をつけてね」

「おう。いってきます」

ごくありきたりな台詞《せりふ》を口にして送り出し、あかねは自室に上がって着替える。食堂に戻って、さて何を食べようと考えたとき、ふと気づいて廊下に出た。

「めぐちゃん、おひる食べたの？」

「あ？」

恵の部屋の襖越《ふすまご》しに声をかけると、短い返事がある。襖を開けて、あかねはぎょっとした。色とりどりの反物が、部屋に流れている。

「おひる、食べたかなって思ったんだけど……」

「帰ってきていたのか」

恵は掛け時計を見た。古い木製の掛け時計は、昔は決まった時間に鳴ったが、今は鳴らない。どうなっているのかわからないが、いつしか鳴らなくなったらしい。

「気がつかなかった？」

「集中していた」

そう言うと、恵は手に針を持ったまま、首を左右に倒した。こきこきと音がする。

「ゆうちゃんは出かけてったよ。食べてないならつくろうか」

「頼む」

恵がうなずくので、あかねは急いで食堂に戻った。つくるといっても空腹なので手軽なものになる。考えることもなく炊飯器をあけて、残っていたごはんをおにぎりにした。具は高菜と鮭フレーク、そして梅干し。残っていたごはんを全部握って、おにぎりが五つできた。それぞれをしっかり海苔《のり》で巻いて皿に載せ、濡《ぬ》れ布巾《ぶきん》と一緒に恵の部屋まで持って行く。

「めぐちゃん、どうぞ」

　皿と濡れ布巾をのせた盆を部屋の隅に寄せられたちゃぶ台に置くと、恵は振り返った。

「おにぎりにしたよ。食べやすいでしょ。布巾も持ってきたから」

「気が利くな」

　恵はその顔をほころばせ、持っていた針を裁縫箱の針山に刺した。

「もう縫ってるの」

「五人分だからな。早いほうがいい」

「五人？」

「俺の分は父さんのを仕立て直す」

「めぐちゃんってそんなこともできるの？」

　驚いて訊《き》くと、恵は無表情に戻って肩をすくめた。

「ああ」

「器用ねえ」

「前はそうでもなかった」

　恵は手を伸ばして、皿の上からおにぎりをひとつとった。三口でひとつ、食べきってしまう。

「おまえのつくるおにぎりは、ちいさいな」

「そりゃ、めぐちゃんたちに比べたら手が小さいから」

そういえば小学校は給食があったが、遠足や、そのほかの弁当が要るときは、兄たちが、ひとつしか違わない藍音《あいね》も含めて、大騒ぎでつくってくれたものだ。あかねが小学生のときはまだ若葉が炊事を受け持っておらず、五人全員がつくった弁当はいろいろとちぐはぐで大雑把で、それでもおいしく食べたことを思い出す。ただ、おにぎりは百太郎が握るととんでもなく大きくなってしまうので、若葉が握るようになった。

「だが旨《うま》い」と、恵はにこりともせず言う。「ありがとう」

「……ねえ」

おそるおそる、あかねは口を開いた。「橋を渡って魂をとられたひとがね、三人になったの」

あかねの担任が噂の渦中にあることは、昨日の夕食でみんなに話してある。恵は少しだけ眉《まゆ》を上げた。

「それで？」

「その橋に行って、ちょっと見てきていいかなあ。どう思う？」

ふたつめのおにぎりを手にした恵は、目を細めてじろりとあかねを見た。あかねは首を竦《すく》める。

「だめだと言ったらひとりで行くつもりだろう」

「そうなるね」

言い当てられて、あかねはうなずいた。

今この町で起きていることが自分たちのしたことのせいならば、なんとかしたい。そう考えるのはごく自然だろう。このまま素知らぬふりをしていられるほど、あかねの神経は図太くなかった。

「とりあえず、今日はやめとけ」

そう言うと、恵はふたつめのおにぎりも三口で食べ終えた。

「あしたならいいの？」

「内緒にできるなら、俺がついていく」

あかねは驚いて目を瞠《みは》った。

「いいの?!」

「だが、今日はだめだ。耳鳴りがしない」

「耳鳴り……」

「ああ。昨日も一昨日《おととい》も耳鳴りがしていたからな。今夜は何も起きないだろう。行ったって、空振りだ」

あかねはきょとんとする。

「めぐちゃんは、何か起きそうなとき、耳鳴りがするの？」

「ああ。たまに声も聞こえる」

幻聴じゃないの、とはあかねには言えなかった。今までに起きていることがことだからだ。それに、この兄は兄たちのうちでも、いちばんあかねを対等に扱ってくれる。ほかの兄たち、特に勇気のように、その場しのぎのでまかせや適当なことを言っていなすこともなかったので、あかねは恵をいちばん信頼していた。

「耳鳴り、痛くないの」

少し心配になって訊くと、恵はちらりとあかねを見た。

「いや……たまに、だからな」

そこで彼は口もとを微妙にほころばせた。「まさかそんなことを言うとは思わなかった」

「え、どうして？　だって耳鳴りすると痛いでしょ。キーンてなるもの」

「痛いことは痛いさ。それより、明日でいいのか」

「うん。じゃあ、はい、ゆびきり」

あかねが小指を差し出すと、恵は大きな手の小指で指切りをしてくれた。ちいさなころから、兄たちとだいじな約束をするときは指切りをするのがあかねの癖だ。

「夕飯のあとだぞ」

指切りのあとで恵が言う。

「うん。こっそり呼びに来るね」

「……不安か」

恵の言葉に、あかねは眉を寄せた。ふ、と恵がわらって、眉間《みけん》を指でつついてくる。

「そんな顔をするな。台無しだ」

「もう、ちっちゃい子じゃないんだから」

あかねは照れて、兄の手を押しのけた。「不安っていうか……怖いんじゃないのよ」

「そうか」

「うちから出てったもののせいだったら、わたしたちでなんとかしなくちゃだめでしょ」

「まあ、そうだな」

恵はうなずく。「責任感か」

「そうかも。……それに、気になってるのはそれだけじゃなくて」

あかねは考えを整理しながらしゃべった。「その、手紙に書いてあったでしょう。あやかしがわたしをお嫁さんにするって」

「ああ」

恵は目を細めた。少し剣呑《けんのん》な顔つきになるが、それが自分に向けられたものではないことをあかねはわかっているので、怖くなかった。

「今まで、魂を抜かれたって言われてるひとはみんな、三十代くらいの女のひとなの。……それって、もしかしたらあれと関係あるのかと思って」

「なるほどな」

今回の件は、逃げていったあやかしか、あるいは自分を求めるあやかしのしわざではないかとあかねは考えたのだ。つじつまは合っている気がする。少なくとも、矛盾はない。どちらも自分たちのせいではあるが、後者だとしたらより自分のせいのような気がしてくるから焦ってしまう。

「自分のせいだと思っているのか」

「……思ってるというか、事実そうじゃない？」

あかねが言うと、恵は三つめのおにぎりにのばしかけていた手をとめた。

「それを言うなら、箱をあけた勇気が悪いだろう」

「それゆうちゃんに言ったらだめだよ。気にするから」

「わかってる」と、恵は三つめのおにぎりを手にした。「あいつは考えなしのわりにはくよくよすることがあるからな。取り扱いは要注意だ」

「ほんと、扱いづらいよねぇ」

むしゃむしゃと三つめのおにぎりを食べる兄を見ながら、あかねは溜息《ためいき》をついた。

百太郎が小学校に上がってから勇気が生まれたので、勇気は当時、末っ子として猫かわいがりされたらしい。その下にまさか四人の弟妹が生まれるとは思っていなかったと本人は言う。

あかねは本人と百太郎から伝え聞いただけだが、勇気は恵が生まれた当時、自分を要らない子だと思い込んで家出をしたらしい。その話を聞いたとき、甘ったれにもほどがある、とあかねは思ったが、当の本人は『俺は三つで家出したんだぜ』と得意げに吹聴するばかりだ。恥ずかしいとも思っていないようだから、まったく勇気は計り知れない。

「あれでさびしんぼうの甘えん坊で実は神経が細かいなんて、わかりにくいわ」

「だが、わるいやつじゃない」

「それはもちろんね」

「だから今回の件は、あいつなりに相当気にしているだろう」

おにぎりを食べ終えた恵は、濡れ布巾で指先を拭《ぬぐ》った。「早く解決したいんだろうな。本当は今日も、兄さんに言われたから家にいるつもりだったらしいが、俺がもう出かけないとわかったから出て行ったんだ。あいつなりに手がかりをさがしてるみたいだな」

「兄さんにって、ももちゃん何か言ってたの」

「できるだけおまえをひとりにしないようにと」

勇気自身の気持ちもあるだろうが、百太郎にも気遣われているのだ。あかねは溜息をついた。

「なんか……ごめんね」

「謝る必要はない」

恵はちょっと笑った。「今までと何も変わらない」

恵の笑顔を見ると気が楽になった。楽になると、今まで忘れていた空腹がよみがえり、腹が鳴る。

「おまえも食べろ。食べないと気持ちが暗くなるからな」

恵に言われ、あかねはうなずいて、皿に残っていたおにぎりを手にとった。


翌日、朝のホームルームで、噂について注意があった。むやみにくだらない噂をしないこと、という注意だったが、それが『橋で魂を抜かれる』という怪談めいた噂についての注意であることは明白だった。

とはいえ、人の口には戸は立てられない。昨日は恵の予言通り誰も被害に遭わなかったようだが、それは、狙われるような者が通らなかっただけではないかという話になっていた。広まった噂から、三十代の女性が橋を避けて通るようになったらしい。それはそれでよかったとあかねは思ったが、それで済むはずがないのもわかっていた。

授業のあとでどうしてもと誘われて断り切れず、八千代の家に由紀子と三人で遊びにいった。もちろん、家には藍音を通して伝えてくれるように頼んだので、特に問題はない。

八千代の祖母にそうめんの昼食をごちそうになり、三人でゲームをして遊んだ。八千代の部屋でごろごろしながら、いろいろな話をするうちに、やはりどうしても橋の件になる。

「魂を抜かれるって言われてるけどさ、ただ単に具合が悪くなっただけじゃないかな？」

八千代が現実的なことを言った。

「そうかな」と、由紀子が首をかしげる。「そんなに偶然、重なるかな？」

「気候もよくないじゃない」

確かに、梅雨でじめついている。雨は降っていないが、クラスの湿気に弱い女子は、午前しか授業がないのに早退したほど顔色が悪かった。彼女が言うには、いっそ降ってくれたほうがましで、湿度が高いと体を動かすのもたいへんらしい。

あかねとしては偶然ではないと言いたかったが、その理由を話すことができないので会話には加わらなかった。

ひとしきりゲームをして、夏祭りの話になる。兄たちがついてくると言っている、とあかねがおずおず切り出すと、八千代は大笑いし、それでもいいんじゃない、と由紀子は言った。八千代も完全におもしろがっていて、兄が五人全員ついてくることに対して、いやがってはいないようだった。

それはそれであかねもどうかと思ったが、とりあえず行けることは行ける。そう決めると、ちょっとだけ気が楽になった。あやかしの件はまったく解決していないが、楽しみができるのはとてもよいことだと思った。

夕方になったので由紀子と一緒に八千代の家を出る。分かれ道で由紀子とまたね、と言ってひとりになり、家路を急いだ。今日は恵が一緒に出てくれるから、早く夕食を済ませたい。

「あれ」

角を曲がって自宅の前が見渡せる路地に入ると、門前に誰かいた。誰、といっても見知らぬ者ではない。

「だから、おまえなんなの。妹になんか用かよ」

「用があるから来たんだ」

「その用ってなんだよ」

門の中には勇気がいて、門前のその相手と言い争っている。あかねは慌てて駆けつけた。

「どうしたの、ゆうちゃん」

「おかえり。――あかね、こいつと知り合い？」

勇気は胡散臭《うさんくさ》そうに、じろじろと相手を見た。

日本人離れした容貌《ようぼう》と、淡い色の髪。それはもちろん、手紙を持ってきて、そのあとは雷電《らいでん》を拾ってきた男だった。

「こいつは君の兄か」と、男はやや怒ったように言った。「君に用があるから来たのに、その用はなんだと言うばかりだった。

「そりゃ、そうだろ。知り合いならともかく、急に外人が訪ねてくる心当たりなんかねえんだぞ」

「妹のことならなんでも知ってると言いたげだな」

ふん、と男は笑った。その笑いかたに、ばかにされたと思ったのだろう。勇気の表情が険悪になる。

「知ってるに決まってんだろ！　こいつのスリーサイズは」

「ちょっとやめてよ！」

とんでもないことを口走ろうとした兄に、あかねは思わず体当たりをする。だがさすがに体格がいいので、勇気はよろけもしない。

「もう、恥ずかしい！」

「……君にはあと四人の兄がいると聞いているが、残りもこんな感じなのか」

少し呆《あき》れたように男は言った。あかねは思わず首を振る。

「ゆうちゃんだけよ、こんなにぺらぺらしゃべっちゃうのは！」

「ゆうちゃん……ということはおまえが九十九勇気か。次男だな」

どうやら男は九十九家の家族構成を知っているらしい。あかねはちょっと怖くなった。

すると、男は苦笑した。

「俺は怪しい者じゃない。甲斐弓月《かいゆづき》という。もうすぐ夏祭りがあるだろう」

「え、……もしかして、引っ越してきたばかりとか？」

自己紹介と同時に町内の行事について切り出され、あかねは目を白黒させた。

「そうじゃない。話すと長くなる」

暗に、家の中に入れてほしいと言われていることにあかねは気づいた。ためらったが、このままでは埒《らち》が明かない。自分ひとりではなく勇気もいるし、ほかの兄たちも帰ってきているはずだ。

「わかったわ。入って」

あかねが言うと、男、甲斐は黙ってうなずいた。


玄関からではなく庭に回ってもらって、南の縁側でもてなすことにした。というのも、勇気が甲斐を家に入れるのをいやがったためだ。百太郎がいれば話は別だがまだ帰宅しておらず、勇気は言い出すときかないので、そうするしかなかった。ほかは若葉が帰ってきていたが、恵は出かけており、藍音は帰宅して食事を済ませてから図書館に行ったようだ。

「手紙を届けてくれたひとすか」

盆に茶をのせてきたのは若葉である。勇気は胡散臭そうに、縁側に腰掛ける甲斐を、廊下に立ったまま見おろしている。

「で、わたしに用って何」

「端的に言うが、俺が手紙を届けにきたあと、この家からあやかしが散っていくのを見た」

甲斐は湯呑みを手にして茶を一口すると、語り出した。「そのひとつが、今、騒動を起こしている」

「騒動……」

あかねはごくりと喉《のど》を鳴らす。「それって、橋の話？」

甲斐があまりにも平然と『あやかし』と口にしたので、廊下に正座したあかねは驚くより先に、身を乗り出した。

「ああ」

甲斐は短くうなずいた。「この町に起きている怪異は、この家から逃げ出したあやかしのせいだろう」

「ていうかおまえ、手紙を渡しに来たんだよな」

「ああ」

勇気の問いに、甲斐はうなずいた。

「で、手紙を渡してから、あやかしが散ってくまでにそれなりに時間が経ってたはずだぜ。メシ食ってからだったからな。それまでずっとうちを見張ってたっていうのかよ」

「そうなる」

「ストーカー」

勇気が吐き捨てたのを無視して、また甲斐は茶を啜《すす》った。

「解き放たれたあやかしはそんなに多くはないが、みんな式神《しきがみ》として使われていたものだな。だから人間に対して恨みや憎しみを持っている。橋の一件はたいした事件ではないが、放っておくとまたいろいろと起きるだろう」

勇気に対しての答えになっていない。甲斐はどうやら、勇気の軽口に取り合う気はないようだ。

「で、甲斐さんは、わたしになんの用があったの？」

「俺が持ってきた手紙を見せてほしい」

そう言われて、あかねは脇に置いていた通学鞄《かばん》を手にした。父の手紙は、なんとなくお守り代わりになる気がして持ち歩いているのだ。

「これ？」

「どんな内容か、知らなかったんすか？」

若葉が尋ねた。甲斐はうなずいて湯呑みを置き、あかねから手紙を受け取る。

「もちろん知らない。ひとに宛てた手紙だからな」

「それってずっと甲斐さんが預かってたの？」

便箋《びんせん》を取り出して開く甲斐に、あかねは尋ねた。だが甲斐は答えず、手紙に目を走らせている。

「……なるほど」

手紙を読み終えると丁寧に畳んで封筒に戻し、あかねに差し出した。あかねはそれを受け取って、また鞄に戻す。

「俺が預かってたわけじゃない。俺も、ひとに頼まれて持ってきただけだ」

「そのひとって誰なんですか？」

「それはともかく」と、甲斐は話をつづけた。「この家から出て行ったあやかしが起こしている可能性の高い今回の騒動をおさめてほしいと、町内会の会長に個人的に依頼されてきたんだ、俺は」

長ったらしく回りくどく、甲斐は正確に告げた。

「町内会長に、依頼されたって？」

勇気が剣呑《けんのん》な声をあげる。「おまえ、拝み屋かなんかなの」

「まあ、そんなようなものだ」

ごくまじめな顔で、甲斐は答えた。勇気が呆気《あっけ》に取られる。めずらしいことだが、あかねはそれを視界の端に見ながら同じくらい驚いていた。

「俄《にわか》には信じがたいと思うが、俺はいわゆる霊力があって、あやかしを退治することができる。それで生計を立てていると言っていいだろう」

滔々《とうとう》と告げられる事実に、あかねは半信半疑だ。ふつうの神経なら『霊力がある』などと真顔で言わないだろう。

「……こいつ頭がおかしいんじゃねえの」

それまで立ったままだった勇気が、しゃがんであかねに囁《ささや》いた。あかねはその頭をぺしりとはたく。

「何いってんの。ゆうちゃんてば、あやかし箱からいろいろ出てったのを見たのにそんなこと言えるの？　だいたい、ももちゃんだって拝み屋さんに連絡してみるとか言ってたじゃない」

「ってえな。こいつが詐欺師だったらどうすんだよ」

「それはよく言われる」

甲斐は平然として茶を飲み干した。彼が茶托《ちゃたく》に置いた湯呑《ゆの》みを取り上げて、若葉が慌てたように言う。

「おかわり持ってきます。あとお菓子つくったんでそれもお出しします」

若葉がいそいそと去っていくのをぼんやり見送ってから、甲斐はあかねに視線を戻した。

「……とにかく町内会が、この騒動が収まらなければ安心して夏祭りもできないと、俺に祓魔破邪《ふつまはじゃ》の依頼をしてきたんだ」

「えっ」

夏祭りができない、と聞いて、あかねは茫然《ぼうぜん》とした。そんなことになっているとは。

「それで、君に協力してほしくて来たんだが……」

甲斐はちらりと勇気を見た。「このばかっぽい男に門前払いを喰《く》らわされそうになってな」

「ばかっぽいだと」

かちんときたのか、勇気が憤然とする。「おい、おまえ」

「甲斐弓月だ」

「甲斐だかなんだか知らねえが、口の利きかたに気をつけろよな！」

「もう、うるさいってば」

あかねは兄を押しのけた。とたんにしゃがんでいた勇気は廊下に尻餅《しりもち》をつく。その向こうから若葉が戻ってきた。

「水ようかん、つくったんすよ。みんなでどうぞ」

手にした盆には、水ようかんのほかに、勇気とあかねの分の茶も載っていた。甲斐は目を瞬かせて若葉を見る。

「つくった？　水ようかんを？」

「そうっすよ。意外と簡単っすから」

「それはありがたい。朝から何も食べてないから」

甲斐はそう言うと、廊下に置かれた盆から水ようかんの皿を取り上げた。長方形に切られた水ようかんの二切れを、瞬く間に食べ終える。まるで吸い込むような勢いだったので、あかねは呆気に取られた。

「甲斐さん、そんなにおなかすいてたの……？　よかったらこれもどうぞ」

あかねは思わず、甲斐に自分の皿を差し出した。すると白い頬が、ふわっと赤らむ。

「いや……それは遠慮する。確かに空腹だが、君のようなちいさな子のぶんを奪うのは心苦しい」

なんだか武士みたいなしゃべりかたをするひとだな、とあかねは思った。しかも言っている内容もそこそこ堅苦しい。わるいひとではなさそうだ。

「そんなにおなか減ってるのなら遠慮しないで。朝から何も食べてないなんて、相当でしょ」

さらに言いつのって、あかねは皿を甲斐の前に押しやった。甲斐はそれをじっと見る。

「……いただきます」

甲斐は数瞬の逡巡《しゅんじゅん》のあとで、目の前の皿を取り上げると、やはり吸い込むようにして水ようかんを食べてしまう。掃除機みたいだなぁ、とあかねは思った。

「旨《うま》かった。ごちそうさま」

甲斐は皿を盆に置くと、手を合わせた。

「甘いもの、好きなんすか？」

若葉がうれしそうに訊《き》いた。自分のつくったものを旨そうに食べてもらえるのはうれしいのだろう。

「特に好きというわけではないが、きらいなわけでもない。だが、こういうときは本当に助かるな」

「なんで食ってないわけ」

勇気が胡散臭《うさんくさ》そうにじろじろと甲斐を見た。甲斐はそれを、なんの気負いもなさそうな視線で返す。

「忙しくて食べる暇がなかった。ついでに金もない、ここに来るのにICカードしか持っていない」

「ICカードがありゃコンビニで買いものくらいできるだろ」

勇気はぶつぶつ言いながら、自分の水ようかんを平らげる。

「しかし旨いな。手作りの水ようかんなんて初めてだ」

「いやあ、お褒めにあずかり恐悦至極っすよ」

甲斐が褒めると、若葉が照れたように頭を掻《か》いた。

「おまえ外人なの」

そこで勇気がまた無神経な訊きかたをした。我が兄ながらあかねは溜息《ためいき》をつく。だが甲斐は特に気を悪くしたふうもなく答えた。

「よくそう言われるが、ただのハーフだ。母親がアメリカ人だったが生まれたときから日本にいたので日本語しか話せんし育った文化も日本だ。それとふつうは黒髪のほうが遺伝子が強いが、俺のこの見た目は母方の祖父譲りだ。姉はもっと色が薄くてほとんど金髪だ。見た目はほぼ外人だ」

「へえ、お姉さんいるんすか。甲斐さんに似てるすか？」

若葉が興味深そうに尋ねた。

「よく似ていると言われる」

「じゃあ美人ね」

「だろうな。おかげで美人は見飽きた」

あっさり肯定され、あかねは少し呆《あき》れた。この見た目の甲斐がそこまで言うならよほどの美女だとしても、容姿については謙遜《けんそん》しないとハードルが高くなるのではないだろうか。

「なんなんだよ、自慢くさいな」

勇気はとにかく甲斐が気に入らないらしく、苛立《いらだ》ったような表情をした。だが甲斐はそれを見ながらも涼しい顔をしている。

あかねはふたりを見比べて、内心で溜息をつきそうになった。

会ったばかりの甲斐のことなど何ひとつわからないが、兄の勇気ならよく知っている。

こんな態度を見せるということは、相手が気にくわないのだろう。だが、その『気にくわない』が、勇気の場合は、自分に対して興味や関心を抱いてほしい、ひいては、自分がそれだけ相手に気を取られているという構図なのだ。本人はどうやら気づいていないようだが、無視されればされるほど相手に向かっていく習性があるのである。

「世間話はここまでね。──で、甲斐さん、手紙は見せたけど、それ以外にもわたしたちに協力できることってある？」

あかねが話題を戻すと、甲斐は顎《あご》に手をやって考え込むような顔になった。

「そうだな……手紙にあったが、あやかし箱にどんなあやかしが入っていたか、わからなかったか？　姿や、形とか、におい……」

「わかんないわ。ゆうちゃんがあけたら、お星さまがいっぱいとび出してきたのよ」

「ふむ」

甲斐はちらりと勇気を見た。「つまり、このばか男があけたのか」

ばかっぽい、から、ばか、になっている。あまり兄のことを悪く言われるのはいやだが、かと言って勇気がやってしまったのは事実なので庇《かば》うこともできない。勇気は腹立たしげに眉間《みけん》の皺《しわ》をますます深くしたが、事実なので反論をする気はないようだ。

「その箱はどんなものかな。まだあるなら見せてほしい。痕跡《こんせき》が残っているかもしれん」

「あ……」

若葉が口を押さえた。「あの箱、っすか……」

「捨てたのか？」と勇気が弟に訊く。

「いや、あるっすよ……あるっす、けど……ちょっと待っててください」

若葉は言い置くと、またぱたぱたと廊下を小走りで駆けていく。

「それにしても、ここはいい家だ」

甲斐は天井を見上げた。「古い家を直してそのまま住んでいるんだな。あちらは蔵か」

振り返って庭を見ている。片隅にある蔵が、曇り空の下、新しいみどりの中で白く浮かび上がって見えた。

「あの蔵に藤が這《は》ってるでしょう。昔はもっと大きな藤があって、びっしり覆われてたんだって」

「なるほど、君は藤の姫さまか」

甲斐は笑った。「さしずめ兄君たちは、藤の姫を守る近衛《このえ》だな」

和風とはとても言いがたい見た目の甲斐が雅《みやび》なことを言うので、あかねはびっくりした。

「そうだな、こいつは俺らの姫さまみたいなもんだな」

勇気がにやにやしてあかねを見た。あかねは照れくさくなって、ぱしっと兄の肩を叩《たた》く。

こんなふうにいじられるのは好きじゃない。大急ぎで話を戻した。

「とにかくこの家はそこそこ古いから不便だったんだけど、リフォームしたら少し住みやすくなったよ。水回りは最新になったし」

それでかなりの蓄えが消え失せたが、冬場のトイレや風呂場《ふろば》も寒くなくなり、台所も広く使えるようになったのは本当に助かるし、ありがたかった。

「古いものを直してだいじに使うのはいいことだ。いい付喪神《つくもがみ》が憑く。君たちの名前、九十九もそういう意味があるんじゃないか」

「付喪神……確かに、ももちゃんがそんなこと言ってた」

また、付喪神だ。姓が由来する存在を改めて他人の口から聞き、あかねは戸惑う。日本人離れして見える甲斐がそうした言葉を口にするとかなりの違和感もあった。

「その、甲斐さん、……付喪神って、家にも憑くの？」

「そういうこともあるようだ。わかりやすいのは座敷童《ざしきわらし》だな。家が繁栄する。だが、けっしてよいものとは言えない」

「どういうことだ？　座敷童って言やあ、家を豊かにしてくれるんだろう？」

勇気が疑問を口にする。と、甲斐は口もとをほころばせた。そうすると、堅い雰囲気が和らぐ。勇気が少しびっくりしたような顔になった。

「いるあいだは、な」

「……それってつまり、いつかいなくなっちゃったら」

「家は没落する。とはいえ、座敷童がいなくなったから没落したのか、没落したから座敷童がいなくなったのかはわからない。ただ、座敷童がいたのにいなくなった家は、たいてい滅びる」

あかねはぞっとしてあたりを見まわした。もし、この家にそんなものがいたら。

「ここにはいない」

甲斐はあかねの心を見透かしたように言った。「ここはいい場所だな。結界に守られている」

「結界？」

「神社の注連縄《しめなわ》のようなものだ。敷地全体を外の害悪から守っている。たぶん、相当の術者が結んだんだろう」

「うちに術者なんていないわよ」

「もしかして、親父が？」

勇気が早口で言った。「うちの親父、拝み屋みたいなことしてたらしい……けど、親父は死んじまったぜ。死んだあとも結界って残るのか？」

「さあ。そういう規則は曖昧《あいまい》だ」

甲斐は肩をすくめた。「ただ、死後も本人がこの家にいるなら、結界は有効だろう」

「ってことは、この家にお父さんがいるかもしれないの？」

あかねはぎょっとした。今までそんなこと、考えてみたこともなかったのだ。

「それはわからない」

「おまえ、拝み屋じゃないの？　そういうのわかるんじゃないのかよ」

勇気が問うが、甲斐は無視して、二杯めのお茶を飲み干した。それと同時に足音がして、若葉が廊下の角を曲がってくる。

「箱、これすよ。でも……」

若葉は勇気の横に膝《ひざ》をつくと、手にした箱をあけた。

あやかし箱はブリキ製である。廊下に膝をついた若葉が蓋《ふた》をぱこっとあけると、中には、何故かあられが詰まっていた。

「……どうして」

甲斐は信じられないというように目を瞠《みは》った。このひとの目はほんとうにみどりなんだな、とあかねは思わず見入る。新しく吹いた芽の色だ。

「いや、ちょうど菓子入れがほしかったんす……それで、きれいに洗って乾かして、昨日から使ってるんすよ。外側にぺたぺた紙が貼ってあったんで、全部剝《は》がすのに苦労しました」

「札が貼ってあっただと」

甲斐は目を瞠ったまま若葉をじっと見た。「それは……」

「今朝、ゴミで捨てて……」

若葉が口ごもりながら告げると、甲斐はがくりと肩を落とす。

「せめて札があれば……見たら、どんなあやかしが封じられているかわかったはずだ」

甲斐はそう言いながら、廊下に置かれたあられの詰まった箱を取り上げた。箱に鼻を近づけ、溜息をつく。

「なんの痕跡もない」

「洗っちまったすからね……すんません」

廊下に正座した若葉が、しょげたようにうなだれる。

「手紙を渡しに来たときから、何かあやかしが関わる事件が起きるんじゃないかと言われていたから気をつけていたんだが……」

「だったらなんで手紙なんか渡しに来たんだよ」

勇気がぶつぶつ言う。甲斐はじろりと勇気を睨《ね》めつけた。

「頼まれたんだ。仕方ない」

「ねえ待って、それより、えっと、」

またしても険悪な雰囲気になったので、あかねは慌てた。「とにかく、起きてる騒動って、甲斐さんは詳しく知ってるの？　わたしが知ってるのは、女のひとが河川敷公園近くの橋を渡るときに魂を抜かれたって噂だけなんだけど」

「ああ」

甲斐は気を取り直したのか、説明し始めた。「俺は目撃者に聞き込みをした。三人めの被害者が保育士で、町内会長の娘なんだが、帰りが遅くなって迎えに行った町内会長の目の前で倒れたらしい。そのときに、ふわふわとした何かが、被害者の娘から丸い光を奪っていったと言っていた」

「ふわふわとしたもの？」

あかねは鸚鵡《おうむ》返しをした。「どんなんだろ……」

「ふわふわとしているのは、たいてい動物のあやかしだ。おそらく動物霊の成れの果てだと思われる。動物霊はほとんどの場合、言葉が通じないから、凶暴化するとやっかいだ。丸い光は被害者の娘の魂だろう」

「つまり、魂を抜かれたっていうのは、噂じゃなくて事実なのかよ」

勇気の言葉に、甲斐はうなずいた。

「そうだ。――人間に限らず、魂を抜かれると体が衰弱する。ひとによるが、一週間から十日で死ぬな。被害者たちは今は点滴でもたせているようだが。早く魂を取り返さないとまずい」

あかねは甲斐の手にしている箱からあられをひとつとって摘《つ》まんだ。醬油《しょうゆ》味のあられはとてもおいしい。だがそれ以上、手は伸びなかった。

「この事件の被害者の共通点は、成人の女性だ。事件の中心にいるあやかしは、ある程度の成熟した女が好きなのが推測される」

「やらしいな、成熟した、って」と、勇気が混ぜっ返す。

だが甲斐はそれに取り合わなかった。

「俺はとにかく、その騒動の中心にいるあやかしを、封じるか追い払うかするために来たわけだ」

「ね、甲斐さん、ひとつ訊《き》きたい……ううん、いくつかあるんだけど」

あかねは考えながら、じっと甲斐を見た。「あやかしって、要するに、なあに？」

甲斐は少し困ったような顔をした。答えあぐねている彼のさまを見て、勇気が眉《まゆ》を上げる。

「なんだよ、おまえ、ほんとは拝み屋でもなんでもねえんじゃないのか？　あやかしって、妖怪《ようかい》じゃないのかよ」

「説明がむずかしいから考えていたんだ」

甲斐は淡々と語った。「前提に……まず、ひとは必ず死ぬ、という考えがある。もっと詳しく言うと、命あるものは必ず滅びる、ということだ」

あかねは目をぱちくりさせた。あやかしの説明を求めて、どうしてひとの生き死ににつ いて説かれるのか、つながりがまったく理解できない。

「わかる、けど……」

あかねにとって身近な死者は父と母だ。ふたりとももういない。誰でも必ず死んでしまうことは知っているつもりだった。

「死は突然だ。断ち切られた意識がその事実を納得できずに思い残した念、凝った想いが霊と呼ばれるものになると考えてくれればいい。正確にはもっと違うし、正確といっても俺たちの認識ではそうなっている、ということだけは心にとめておいてほしい」

「つまり、甲斐さんにとってのルールってことね」

あかねが考えをまとめると、甲斐はうなずいた。どこか感心したような顔をしている。

「君は頭がいいな。本当にこのばか男と血がつながっているのか」

「てめっ」

誹謗《ひぼう》されて勇気は怒気をあらわにする。

「ゆうちゃんはちょっとそそっかしいけど、そんなにばかじゃないの」

気色ばむ勇気を手で制して、あかねは甲斐をじっと見た。「だから、あんまりばかにしないでください」

さすがに兄をばか呼ばわりされるのは気分が悪いし、黙っているのは何か違う気がしたので言わずにはいられなかった。するとさすがに甲斐は気まずい顔をした。その顔つきに、甲斐の口の悪さは性格ではなく、何も考えていないせいではないだろうかとあかねは思った。

「……それはすまない。さすがに言い過ぎたな。反省する」

甲斐はややばつのわるそうな顔をして目を伏せた。が、すぐに目を上げてあかねを見る。

「ほんとうに、失礼した」

「わかってくれればいいです」

ね、とあかねは勇気に笑いかけた。勇気は気恥ずかしげに何かもごもご言いながらうつむいてしまう。

「で、……その、死んだひとの霊が、あやかしになるの？」

あかねが促すと、甲斐はどことなくホッとしたようにつづけた。

「死霊全般ではなく思い残した霊が、その思い残しを解消できないまま漂いつづけ、そうしたものたちが寄り集まってあやかしとなる場合が多い。それが人間に害を及ぼすとき、俺たちはあやかしと呼ぶ」

「害って……」

「姿がないのに目の前に現れて惑わせたり、生きている人間とは違った方法で苦しめたりすることだな。……そういう存在は生きている者に対して憎しみや恨み、嫉《そね》みを感じているから、力を持つとそのように影響を与えようとすることがほとんどだ。ときには取り殺したりする」

「……そういうのが、この箱の中に閉じ込められてたってこと？」

「おそらく」

甲斐は曖昧にうなずいた。

「おそらくってのは、どういう意味だよ」

勇気がやや不審そうに尋ねた。

「確定はできない。ただ、この家から光が散っていくのを俺は見た。その当日から、この町ではあやかしが起こしたらしい騒ぎが起きている。ということはつまり、あやかしが騒ぎを起こしていると考えられるだろう。俺の見た光があやかしである可能性は高い。だが断定はできない。そういう意味での『おそらく』だ」

理に適《かな》っている。甲斐の説明は回りくどかったが、その声と口調の聞きやすさで、あかねはなんとなく理解した気になってうなずいた。

「わかったわ。とにかく、うちから出ていったあやかしが、橋のあたりにいて、騒動を起こしてるってわけね」

「そう確定して間違いないだろう」

「じゃあ次。――あの手紙に、あやかしがその、」

ここであかねは口ごもった。自分のこととはいえ、なんだか恥ずかしくなってしまったのだ。せめて自分のことでなければ、こんなに恥ずかしい気持ちにならなかったかもしれない。

「君を花嫁に迎えにくる、という件か」

そんな気持ちが態度に出たのか、すぐに甲斐は察したようだ。

「それって、……本当にありえるの？」

「なくはないだろう」

甲斐の答えは簡潔だった。

「だったら手紙に書いてあったように、あやかしに助けてもらうなんてことできるの？　みんな逃げていっちゃったのに？」

「しかるべき方法で封印を解いていたら、頼まれてくれたかもしれない」

「しかるべき方法ってどんなんだよ？」

勇気が口を挟む。

「それは、封印した当人が知っている方法だ。当人がいなければ、その方法をどこかに書き残している可能性はなくもないが」

「兄ちゃんに訊かないとな、こりゃ」と、勇気が頭を掻《か》いた。「あのあやかし箱の中身が助けてくれるって手紙に書いてたのは父さんだから、父さんがあやかし箱に封印したと考えるほうが筋が通っているだろ？　兄ちゃんだったら知ってるかもしれねえ」

「その通りだ」と、甲斐もうなずく。「手紙にあった件についてはもうご両親がいないから、詳細はわからない。だが、こうして手紙に書いて遺《のこ》していたということは、必ず何かの対策をとっているはずだ」

そこで甲斐は言葉を切ったが、何か言いたげな目をしてあかねを見た。あかねは目を瞬かせる。

「なあに？　何か気になることでもあるの？」

「いや、……」

歯切れが悪いながら、甲斐は口をひらいた。「もしかしたら、……あるいは、君のご両親は、あやかしに自分の娘を渡すことをさしてよくないこととは思っていなかった可能性もなくはないと思ったんだ」

「どういうことすか」

それまで黙ってやりとりを聞いていた若葉が、びっくりしたような声をあげる。「それは、父さんも母さんも、あかねをその、あやかしの嫁さんにしてもいいと思ってたってことすか」

「俺にはあの手紙はそうとも読み取れた」

甲斐はしずかに告げる。「気に入らなかったら、とあったから。もしかしたら、君が迎えに来たあやかしを気に入る、という可能性もあるわけだ」

「幽霊みたいなのと結婚する気になると思う？」

あかねは思わず甲斐に問いかけた。すると甲斐はむずかしい顔をする。

「ここがむずかしいところだ。さっき、あやかしの説明が少し曖昧《あいまい》だったと思うが……あやかしとひとくちに言っても、霊が転じたものだけをさすわけじゃないんだ」

　そこで甲斐はまた、黙った。さすがに勇気も茶化す気はなくなったのか、甲斐の説明を待っている。

「人間とは違った、なんというか……大きな存在がいることはいるらしいからな。そうしたものに対して、人間は無力だ。あやかしという曖昧な言葉は、もともとそうした存在全般を指す言葉だったとも思われている。……どちらにしろ、この家から逃げ出したものと同じ系統では、ないかもしれない」

　甲斐の曖昧模糊《もこ》とした説明を、あかねはなんとか理解しようとしたが、頭に半分くらいしか入ってこない。

「どっちにしろ、ここから逃げていったやつらも探さないとならねえし、こいつを迎えにくるかもしれないやつも追い返さないとならないんだろ」

　勇気が簡単にまとめた。甲斐も異論はないようだ。

「そういうことだな」

「おまえがするのか？　それを？」

「いいや」

　甲斐は首を振る。「俺が依頼を受けたのは、町内会長から橋の件だけだ。この子を迎えに来るものについては、別件だ」

勇気が呆気《あっけ》に取られた顔をする。あかねはそれがおかしくて笑いそうになったが、こらえた。

「だってそりゃそうでしょ。甲斐さんは、最初から橋の件を町内会長さんに頼まれたって言ってたじゃない」

「いや……そうかもしんねえけど、こいつ無責任じゃないか？」

「無責任だと？」

勇気の決めつけに、甲斐はムッとした顔になった。「どういうことだ」

「だいたい、おまえがあんな手紙を持ってこなきゃ、こんなことにはならなかったんだろう」

「あれは預かったんだ。俺は渡してくれと頼まれただけだ。手紙の内容も知らん。箱をあけたのはおまえだろう」

それを言われると勇気はぐうの音も出ないようだ。口をへの字に結んで黙ってしまう。

「ところで、気になってるんすが……」

若葉が口をひらいた。「この事件の被害者って、三十代の女性、って共通点がありますよね。それって、あかねを迎えに来ると手紙に書かれてたやつがやってることかもしれないんじゃないすか」

「それはわからない。とにかく、何がこの箱に詰まっていたかがわからないからな」

甲斐の言葉に、若葉はしゅんとしてしまった。自分が箱をきれいに洗ってしまったことで手がかりがなくなったのだから悄気《しょげ》もするだろう。

「あっ」

そんな中、急にすごいいきおいで雨が降り出したので、あかねは思わず声をあげる。洗濯物、と一瞬思ったが、そういえば今は外に干していなかったのだ、と思い直す。

「しまったな」

廊下に座っていた甲斐が天を振り仰いだ。「傘がない」

「夕立だろうから、うちで雨宿りしていけば？」

縁側に庇《ひさし》はあるが、大きな雨粒が降り込んできているので、甲斐は半ば濡《ぬ》れている。だが彼はあかねの提案に首を振った。

「いや、もう君が知りたいことがないなら、俺は帰る。傘を貸してくれると助かるんだが……」

「いいんすか？　もしよかったら夕飯も食べていったらどうすか」

「それは遠慮しよう」

若葉の提案に、甲斐は首を振った。

知りたいことはあらかた聞いたと思う。あかねは考えてそう結論づけた。まだあるかもしれないが、勇気が顔をしかめているのでこれ以上引き留めると甲斐にも不快な思いを味わわせてしまうかもしれない。そうあかねは判断したのだ。

「ありがとう、甲斐さん。もしよかったら連絡先、教えてください。また訊《き》きたいことがあったら教えてもらいたいから」

「携帯でいいか」

甲斐の言葉にあかねはうなずく。

「待ってて。いま携帯と傘持ってくるから」

携帯電話をあかねは持っているが、ふだんは学校に持っていかない。持って行くことがなくもないが、少なくともふだんは家に置きっ放しだ。荷物検査でばれると没収されて保護者を呼び出されるためだった。GPS機能を利用したい場合や犯罪被害を防ぐため、と保護者が申請をして許可された場合だけ、学校に持ち込んでもいいことになっていた。

急いで部屋に戻り、鞄《かばん》を置いて携帯だけ持って階段を駆け降り、そのまま玄関へ行って、傘立てからさしてあった一本を取り上げた。考えてみれば勇気より少し背が低いように思える甲斐だが、勇気が並みではないのでたぶんそこそこ長身のはずだと見当をつけていちばん大きい傘を選んだ。

「おまたせ」

縁側に戻ると、甲斐は立ち上がっていた。そのせいでさらに雨粒が叩《たた》きつけており、濡れて色の変わった半分が三分の二くらいになっている。シャツの色が変わっていた。

「やだ、びしょ濡れじゃない甲斐さん。はい」

慌ててあかねは傘を渡す。あっ、と勇気が声をあげた。

「それ俺の」

「いちばん大きいの、これしかなかったわよ。だめ？」

勇気を見ると、ぐぬぬ、と唸《うな》った。勇気が弟はともかく妹の頼みを断れないのをあかねは知っていた。

「……ちゃんと返せよ」

「すまんな」

甲斐は何故か笑った。あかねが傘を差し出すと、すぐに天に向かってさす。ぱっ、と濃い抹茶色の傘が広がった。雨音が激しくなる。

「とりあえず、君だ」

「はい？」

甲斐にじっと見られ、あかねはまぬけな声で応じる。「わたしが、なに？」

「橋の事件のあやかしが君を花嫁にすると言っているものである可能性もなくはない。だから君は気をつけたほうがいい。学校もあるだろうが、なるべくひとりにならないことだ。自業自得とはいえ、助けてくれるかもしれなかったあやかしたちを解き放ってしまった以上、見知った町内でも、ひとりでうろうろするべきじゃない」

さすがにこれにはあかねもムッとする。しかしあかねが口を開く前に勇気が前に出た。

「自業自得とか、イヤミで締めくくるとか、おまえほんっとに口わるいな。なんでそんなに偉そうなんだよ！」

「偉そうなつもりはないが……」

甲斐は戸惑ったようだ。どうやら悪気があったわけではないらしい。あかねは再び、このひとは不器用で何も考えていないのかもしれないと思った。でなければ、言っていいことと悪いことの区別がつかないのか、それとも直球な物言いしかできないのか。

「とはいえ、おまえたちは素人だ。何もできないだろう」

「素人だと？」

勇気が剣呑《けんのん》な顔をした。「ばかにするのも大概にしろ」

「事実だろう。おまえたちはあやかしのことも知らなかった。俺は知っているし、そうしたものへの対処法も心得ている。橋の件は俺が処理する。だが、それ以外の件は、自分たちで気をつけることだ」

さらに火に油を注ぐような発言をつづけられて、膝《ひざ》立ちになりかけていた勇気はいきおいよく立ち上がった。

「俺たちのせいなら俺たちが解決するッ」

勇気はわめいた。「とっとと帰れよ！」

「邪魔したな。──水ようかん、おいしかった。ありがとう」

最後の言葉は若葉に向けられたものだった。若葉はぼけっとした顔で、去っていく甲斐を見送る。

「甲斐さんって……顔はきれいなのに……口がわるいっていうか……なんというか」

若葉は呆気に取られている。

「悪気はないみたいだけど」と、あかねが言うと、

「あれで悪気がないならただの無礼者か性格が悪いんじゃないのか！」

勇気は頭をがしがしと掻《か》いた。「いちいちひとを小馬鹿にしやがって！　ムカつくにもほどがある！　あー！」

耐えかねたように叫んだ勇気は、どすどすと廊下を大股《おおまた》で駆ける。

「ゆうちゃん⁉」

「ちょっと出てくる！　夕飯までには帰る」

廊下の突き当たりでくるりと振り返ると、勇気は胸を張った。「あいつより先に、橋の件を解決してやる」

「今夜は茄子《なす》のカレーっすよ！」

廊下の角を曲がっていく兄に、若葉は叫んだ。

「気をつけてね！」

あかねは兄を見送ると、開け放したままだった引き戸を締めた。廊下が降り込んだ雨で濡れている。ぞうきんをとってきて拭《ぬぐ》わなければ。

「傘、貸しちゃったから……ゆうちゃん、濡れなきゃいいけど」

廊下にできた水たまりを眺めて、あかねは溜息《ためいき》をついた。


陽が暮れるころになると雨はやんだ。

百太郎はいつも駅から歩くが、駅についたときはまだ降っていたとのことでバスで帰ってきたという。

「バスを降りたら雨がやんだから、助かったよ」

兄妹《きょうだい》全員がそろった食卓でそう笑いながら言う長兄に、あかねは甲斐が来たことや、彼の言っていたことを全部報告した。

「それにしても、言葉のきついひとだね」

勇気と若葉の補足も交えつつ話し終えると、茄子のカレーを食べながら黙って耳を傾けていた百太郎は、開口一番そう言った。

「そうね。見た目はきれいだけど」

「きれいって、男に使う形容詞じゃないですよね。僕もよく言われますけど」

藍音が肩をすくめる。「男できれいだと性格が歪《ゆが》むのかもしれないです。僕みたいに」

「自分で言うか」

カレーをほとんど食べ終わりかけていた勇気が呆《あき》れた。「それ自虐のつもりかもしれないが、自慢にしか聞こえねえぞ」

「自慢のつもりはないですよ。自虐でもないですけど。ただの事実です。まあ、容姿がすぐれていると、いろいろあるんですよ。おかげで友だちもなかなかできない」と、藍音は淡々と苦労を語った。「身に覚えもないのにひとの彼女をとったとか難癖をつけられるし、文法のなってないラブレターはもらうし」

「ひとの彼女をとったって」

百太郎が驚いた顔をしてスプーンを止めた。藍音は首を振る。

「誤解ですよ。図書館で高校生にそんな難癖をつけて絡まれたことがあるってだけです」

「喧嘩《けんか》はだめだよ」

慌てたように百太郎が言った。どっちにしろ起きてしまったことだろうに何を言っているのだろうとあかねは思ったが、とはいえ藍音はこう見えて、逆鱗《げきりん》に触れると瞬間湯沸かし器と化すことがあるのだ。百太郎が慌てるのも無理はないといえた。

九十九家でも体格がよく力もある上の三人、特に勇気は、滅多にないが、喧嘩をふっかけられ殴られても、殴り返すと力の差でとんでもないことになるのを知っているので相手をいなして逃げてくるとうそぶく。しかし標準体型の範囲内で涼しげな見た目の藍音は、絡んできた相手を容赦なく叩きのめして逃げるヒット・アンド・アウェーを心がけていると言っていたのを前に聞いた。

「そのときは通りすがりの大学生に助けてもらってことなきを得ました」

「ちゃんとお礼は言ったかい」

「はい。それ以来、助けてくれた大学生とは仲良くしてもらってます」

「助けてくれた大学生って、女か？」

食べ終えた勇気がニヤニヤしながら弟を見た。藍音は眉《まゆ》を上げてじろりと兄を見る。

「何が言いたいんですか、勇気は」

「おまえ、授業が昼までなのに帰ってこずに図書館へ行くときって、昼飯どうしてるんだよ。小遣いで食べられるものなんてたかが知れてるだろ。その大学生って女じゃねえの。何か食わせてもらってるだろ」

「残念ながら男ですよ、その大学生は。むやみに異性の話にもっていきたがるなんて、あまり感心しませんね。勇気は僕ほどではないでしょうけどそれなりに女の子に好かれるのに、そんな、もてない男が羨《うらや》んで僻《ひが》むような言いかたはよくないですよ」

ぺらぺらぺらと立て板に水で返されて、勇気は眉をくっつきそうなほど寄せた。

「相変わらずかっわいくねえ……」

「でも甲斐さん、性格がわるいっていうより、言葉がなってないだけかも」

勇気が唸るように呟《つぶや》くのを遮って、あかねは口をひらいた。こういうときはさっさと話を変えてしまうに限る。

「あいつを庇《かば》うとか、あかねはああいうのが好きなのか？」

すぐに勇気はのってきた。「だったらゆるさねえよ俺は」

「そういうんじゃないわよ、もう、ゆうちゃんったら」

あかねは呆れた。勇気は自分が甲斐に気があると思い込んでいるのだろうか。だとしたら単純すぎる。あかねとしては、甲斐は造作はきれいで見とれはするが、好きとか、そういう感じではまったくなかった。

「でも甲斐さんって、親切だと思うわ。だってわざわざ気をつけろって言いにきてくれたわけでしょ」

「おまえそんなこと言って」

「それに、甲斐さんにいろいろ訊いてわかったこともあるじゃない。わかってもなんの役にも立たなかったけど」

甲斐があやかしを祓《はら》える拝み屋的存在だとしても、彼は町内会長の依頼を受けているだけで、あかねがあやかしの花嫁にされるかもしれないという点については手紙を届けただけに過ぎないのだ。どっちにしろ、自分が気をつけねばならないのは変わらない、とあかねは考えている。

「あすから学校の送り迎えは俺がしよう。大学が休みだからな」

それまで黙っていた恵が口を開いた。

「送り迎えって……」

突然の提案にあかねは困惑した。ちいさい子ではあるまいし、と思うが、気をつけるにこしたことはないのも事実である。

「行きは校門までだが、帰りは友だちとわかれるところで待っていることにしよう」

あかねの葛藤《かっとう》を察して、恵は譲歩した。それならいい。あかねはうなずいた。

「わかったわ。それだったらまだ恥ずかしくないし」

八千代に見られたら、過保護だとからかわれるだろう。下校時に最後にわかれるのは由紀子だ。

まだよかったとあかねは胸を撫《な》でおろす。

「そうだね。用心はしたほうがいい。あかねが狙われているのは確かなんだから」

百太郎の言葉で決定だ。これは九十九家のルールだった。

あかねはカレーを口に運びながら、ちらりと斜め前の恵を見た。九十九家の食卓は、三人ずつが対面で座っている。上の三人は百太郎が真ん中で、その両側に勇気と恵だが、下の三人は端から年齢順に座っているのだ。

今夜はあとで出かけるつもりだった。しかしこうなってしまったら恵は外出をだめだと言うかもしれない。約束を破る男ではないはずだが、どうだろう。

「あかね、あとでレンタルの返却に行くんだろう。俺がついていくからな」

あかねの心配を察したのか、カレーの最後のひとさじを食べ終えると恵は目も上げずにそう言った。レンタルなどしていないが、そういう態《てい》で出かける理由をつくってくれたのだろう。すぐにあかねは察する。恵の考えることはたいていわかるのだ。

「うん、よろしくね」

少し声が上擦った気がしたが、あかねはなんとか平静を装ってうなずいた。

雨は完全に上がっていたが、空は分厚い雲で覆われている。夜だというのに空が少し明るいのは、町の灯りを反射しているのかもしれない。

「だめって言われるかと思ったわ」

食後のかたづけを済ませ、外に出るなりあかねは言った。

「だめと言ったらおまえはひとりででも抜け出して行きそうだからな」

恵は、レンタルショップの小さな袋を手にぶら下げていた。実際に返すものがあったらしいので、そちらの用事を先に済ませる。

大通りにあるレンタルショップで借りていたものの返却を済ませ、その後、橋へ向かった。

「何を借りてたの？」

「アラビアのロレンス」

恵が答えた映画はまったくなじみのないタイトルだった。

「おもしろかった？」

「長かった」

恵の答えは簡潔だった。内容について触れていないから、たぶん、彼には合わなかったのだろう。

レンタルショップのある大通りから、交差点で角を曲がって橋に向かう。恵は無口なので、あまり自分から話すことはない。このときも会話らしい会話はほとんどなかったが、橋が近づくにつれ、あかねは少し不安になってきた。

「ね、魂を抜いてるあやかしって、どんなだろうね」

「さあな」

兄の答えは素っ気ない。

「どういうのか、考えたことない？」

「考えてもどうにもならん。俺たちは、あの箱に何が入っていたか、知らないんだしな」

「確かにそうだけど」

魂を抜いてどうしようというのだろう。あかねにはそれが疑問だったのだ。

そう口にすると、恵は肩をすくめた。

「その、きょう来た、甲斐ってやつに訊《き》けばよかったじゃないか」

「そうね。次に会ったとき、訊いてみるわ」

しかしいつ会えるだろうか。電話番号は教えてもらったが、この程度のちいさな疑問で電話をかけるのもためらわれる。メールアドレスは訊きそびれてしまった。あとで思いつきをメモしておこうとあかねは思った。そうすれば、次の機会に忘れず訊けるだろう。

「あまりそいつを頼りにするなよ」

しかし恵は眉をひそめた。

「え、でも、専門家だよ」

「そういう意味じゃない」

兄の顔つきに、あかねは首をかしげた。

「どういう意味？」

「……わからないなら、いい」

兄が何を案じているか、あかねにはさっぱりわからない。

「甲斐さん、わるいひとじゃないわよ。ちょっと物言いがあれだけど、たぶん天然で何も考えてないんだと思う。でも、頼りすぎると迷惑かもね」

「専門家なのはいいが、どうにも胡散臭《うさんくさ》いな」

恵は呟いた。

しばらく歩くと道が坂になって、橋に繋《つな》がる。橋そのものはさして大きくはなく、歩道と車道を分ける白線がひかれ自動車がすれ違えるほどの道幅はあったが、中央線はない。なんの変哲もない橋だ。欄干沿いに街燈《がいとう》が立ち橋の上は明るく照らし出されていたが、車が一台通り過ぎただけでひとの気配もなかった。

「誰もいないわね」

橋の袂《たもと》で立ち止まり、あかねは兄を振り返った。恵は何故か顔をしかめている。

「どうしたの」

「耳鳴りがする」

恵は呟くと、あたりを見まわした。「いるな」

「そんなこともわかるの?」

「ああ」

うなずくと、恵は川沿いの道に出た。河川敷公園があるから、川沿いはきれいに舗装された遊歩道になっている。堤防は幾何学模様のコンクリート張りだ。恵はそこを降り始めた。

「めぐちゃん？」

「おまえはそこで待っていろ」

と言われて待てるはずもない。あかねも恵のあとから堤防を降り始めた。

「待ってよ」

恵の背を追ったあかねは、何かが聞こえた気がしてハッとした。兄に追いつく。

遊歩道が橋の下をくぐっている。暗いその場所に、何かが見えた。同時に、あかねは聞こえているのがすすり泣きだと気づく。

「子ども……？」

恵が呟いた。

何か、は、子どもだった。橋の下の、斜めになった部分にしゃがんでうつむいている。泣いているのはこの子だったのだ。あかねは思わず駆け寄った。

「どうしたの？」

迷子だろうか。傍にしゃがむと、子どもが顔を上げた。可愛らしい顔つきの男の子だった。髪の毛は明るい茶色で、どことなく秋に川原で見かけるすすきのようにふわふわしていた。

奇妙なことに、少年が着ているのは着物だった。浴衣《ゆかた》ではない、煤《すす》けた茶色の袖《そで》からのぞく腕はやせ細っていた。少しだけくさいのは、風呂《ふろ》に入っていないからかもしれない。

家族に虐待されているのだろうかと思ったが、そんな家族すらいないのかもしれない。そんなふうに考えて、あかねの胸が痛む。

「さびしい……」

少年は、あかねを見ると、ぽろりと涙を落とした。淡い茶色の目から溢《あふ》れた涙に、あかねは思わず手を差し出した。頭を撫でると、ふわふわした毛が心地よい。

「迷子なの？　おうちはどこ？」

あかねが訊くと、少年は目を瞬《しばたた》かせた。

「おうち……？」

「帰るところ」

撫でている手に、何かが当たる。やわらかい、ふにっとしたものだ。なんだろう？　あかねは首をかしげて手もとを見たが、暗くてよくわからない。ふにふにとしたものを指でそっとさわると、ぴるっ、ぴるっ、と動いた。

「わからない」

少年は淋《さび》しそうに首を振ると、あかねの手から離れた。指にふれたものはなんだったのだろう。あかねは暗がりでじっと目を凝らして少年の頭頂を見た。

「迷子なの？　こんなとこにいたらだめだよ。──ね、お姉さんと行こう」

警察に行けばなんとかなるのではないかと、思わず手を伸ばして少年の手を握る。と、同時に、少年の頭で、ぴん、と何かが立った。

あかねは目を瞬かせた。

「……耳……？」

その瞬間、少年の手がぎゅっと握り返してくる。とたんにあかねの体から急に力が脱けた。ぐるぐるとめまいがして、あかねはふらふら揺れた。

「あかね！」

恵の声がして、どすんという音と衝撃があった。つないだ手が少年から離れ、あかねはハッとする。

「こいつがあやかしだ、あかね」

恵は妹を引き寄せて背に庇《かば》った。あかねは兄越しに少年を見て目を瞠《みは》る。恵に突き飛ばされたものは、今や少年の姿をしていなかった。

「……きつね？」

コンクリートの護岸の上で、黄色っぽい毛並みの獣がこちらを睨《にら》みつけている。尖《とが》った耳と鼻面はきつねそのものだった。しかしその尻《しり》でゆらゆらと揺れるしっぽは二本。しかも、そのうちの一本には、光る丸い玉がいくつかぶら下がり、きらきらと光っている。

二尾のきつねは大きく口を開けて吠《ほ》えた。次の瞬間、コンクリートを蹴《け》り立てて跳びかかってくる。あかねは思わず目をつむった。

恵の声がして目をあけると、振り上げた腕に、きつねが噛《か》みついている。

「めぐちゃん！」

「逃げろ！」

兄は振り向きもせず叫んだ。だができるはずもない。あかねはスカートのポケットに入れていた携帯を取り出した。

電話番号を交換するときに着信し合っていたので、着信リストの先頭は甲斐だった。急いでそれを選んで回線を繋ぐ。すぐに甲斐が出た。

「甲斐さん！　橋の下にいるの！　きつねが……！」

『わかった、近くにいる、すぐ行く』

甲斐は何があったと訊くこともなく、そう答えると通話が切れた。

恵はきつねを叩《たた》きつけるようにしてもぎ離した。だがすぐにきつねは体勢を立て直して襲いかかってくる。逃げるのは簡単だが、恵を置いていくわけにはいかない。

「やめて！」

再びきつねが恵に跳びかかる。あかねは、今度は兄の足に噛みついたきつねの後ろに回り込んで、そのしっぽを力まかせに引っ張った。

「離して！」

「くっ！」

あかねは叫びながら、両手で力一杯、しっぽをひっぱった。と、ぶちっと音がして、あかねは後ろに吹っ飛ぶ。手の中にしっぽはあるが、手応《てごた》えがない。見ると、きつねの尻にはしっぽが一本しかなかった。あかねの手の中で、引っこ抜いたしっぽがだらりと垂れ下がる。

きつねは痛みのあまりか、叫んで恵を嚙むのをやめた。

「おい！」

同時に声がして、すごいいきおいで誰かが駆け下りてくる。暗い中でも兄とわかった。

「ゆうちゃん！」

その後ろから甲斐が来た。橋の上から射す街燈に照らし出されたきれいな顔に険しい表情が浮かんでる。きつねが痛めつけられた獣のように咆哮した。

「こいつか……」

「おい恵、だいじょうぶか！」

腕と足を嚙まれた恵がうずくまっているのへ勇気が駆け寄る。

「待て！」

きつねが跳び上がり遊歩道を駆け堤防を上っていくのを甲斐が追う。あかねはしっぽを持ったまま、兄たちに近づいた。

「めぐちゃん、だいじょうぶ?!」

「ああ。ただ噛まれただけだ」

とはいえきつねに噛まれるのはまずいのではないだろうか。寄生虫がいたような……それともあやかしだから無関係だろうか。気を揉《も》むあかねに、勇気の手を借りて立ち上がった恵は笑いかけた。

「そんな顔をするな」

そう言って、手をあげてあかねの頭を撫《な》でようとしたが、あげたところで顔をしかめた。傷が痛むのだろう。あかねは泣きたくなった。自分についてこなければ、恵はこんな目に遭わなかったはずだ。そう考えると胸が塗りつぶされたように黒くなっていく気がした。

「病院行くか。外科でいいのかな」

「きつねに噛まれたと言って、信じてもらえるか？」

勇気の提案に、恵が渋い顔をした。確かにこのあたりは都内でもひなびた土地だが、きつねがいるとは聞いたことがない。

「野良犬って言えばいいんじゃねえの」

「きつねは伝染病とか持ってるんじゃなかったか」

「すまん、逃げられた」

そこへ甲斐が駆け戻ってくる。「怪我はないか」

「めぐちゃんが噛まれて……わたしはなんともない」

あかねが答えると、甲斐はさっと顔色を変えた。

「見せろ」

甲斐が言うので、恵が噛まれた左腕を差し出した。太い腕に、青黒い歯形が残っている。ぽつぽつとあいた穴から血が滲《にじ》んでいた。

「ほかは」

「足も」

恵が示したのは右足だ。膝《ひざ》から下、向こうずねに、ジーンズだというのに穴があいていて、牙《きば》の跡が残っている。

「病院に連れて行く」

勇気が言うと、甲斐が止めた。

「無駄だ。その傷は霊傷《れいしょう》だから、普通の手当てだけでは治らん」

「じゃあどうすりゃいいんだ」

勇気が甲斐を睨みつけた。甲斐は落ちついてそれを見返す。

「あの、甲斐さん……これ」

睨み合うふたりに向かって、あかねは手にしていたきつねのしっぽを差し出した。甲斐が目を丸くする。

「これは」

「あいつのしっぽ、二本あったのよ、最初。ひっぱったら一本、とれちゃった」

「二本か」

なるほどと甲斐はうなずく。

「とにかく家にお邪魔する。俺が手当てをする」

甲斐の言葉に、勇気が恵を支えて歩き出した。


帰宅してすぐ、甲斐は恵の手当てをした。最初はふつうに消毒して傷薬を塗り、そのあとで何かくねくねとした文字の書かれた札を傷口に貼りつけた。札は呪符《じゅふ》というそうで、何かを封じ込めたりするときに使うと説明された。

腕と足の両方ともに同じ処置を施された恵は、安心したのかぼうっとした目つきで横になってやがて眠ってしまった。甲斐が言うにはできるだけ家族が誰かしら傍にいれば傷の治りも早いとのことで、ひとまず若葉と藍音が恵の部屋で付き添って様子をみることになった。

それからあかねを含めた残りの四人で食堂に移る。食卓に着くと、何が起きたか教えてほしいと、あかねは百太郎に説明を求められた。叱られると覚悟していたが、百太郎はあかねの説明を黙って聞いていた。

自分たちのせいで事件が起きているならなんとかしたいと思ったこと。自分ひとりで出かけるのはあぶないからと恵がついてきてくれたこと、橋の下で男の子が泣いていたこと、その子がきつねに変わって恵が噛みつかれたこと、甲斐を呼んだら勇気も一緒に駆けつけてくれたこと、きつねは逃げてしまったこと、など。

「ことのあらましはわかったよ。……甲斐くん、弟と妹を助けてくれてありがとう」

あかねが語り終えると、しばらくして百太郎は、食卓に着いていた甲斐に向かって頭を下げた。

「いいえ、自分はあのきつねを取り逃がしました。結局は何もしていません」

甲斐はきまじめに答えると、あかねを見た。「それより君、さっきのあれを見せてくれないか」

「これね」

あかねはスカートのポケットに押し込んでいたしっぽをずるずると引き抜き、食卓に置いた。

「襟巻きみたいだな」と、勇気が呟《つぶや》く。「何かのにおいがする……」

その言葉通り、つけねからきれいにとれたしっぽは襟巻きのようだった。それを手にした甲斐は、じっと見ていたが、やがてもふもふした先端に手を入れると、すぐに何かを掴《つか》むように丸めた手を出した。

「おまえににおうのはこれだろう」

甲斐は手をひらいた。

上には、光る玉が三つ、載っている。

「あのきつねに抜かれた魂だ」

甲斐はそう言うと、手の上の光に向かって囁《ささや》きかけた。内容は聞き取れなかったが、唄《うた》うような抑揚は呪文《じゅもん》のように聞こえた。

「居るべき場所に戻り給《たま》え」

最後にはっきりした囁きを受けた光の玉は、ふるりと震えると浮き上がった。

呆気《あっけ》に取られる九十九家の面々を尻目《しりめ》に、光はぐるぐると室内をめぐると、やがてふっと消えた。

「迷子にならないといいが」と、甲斐が独りごちる。

「甲斐さん、今の……」

あかねが茫然《ぼうぜん》として問うと、甲斐はうなずいた。

「あのきつねに抜かれた魂だ。これで事件の被害者の意識も近いうちに戻るだろう」

「迷子にさえならなきゃ？」

勇気が混ぜっ返すと、甲斐は神妙な顔をした。

「そうだな。見知った町内だから、わかるだろう。最初は自宅に戻るかもしれないが、そのうち自分の体に引き寄せられて、収容されている病院に行き着くはずだ。三人とも、同じ病院にいるからな」

茶化したつもりの勇気は、まともに返されて戸惑った顔になった。このふたり、嚙み合っていないようで嚙み合っているようで、やっぱり嚙み合ってないなあ、とあかねは秘《ひそ》かに溜息《ためいき》をつく。それにしても、甲斐を呼んだらどうして勇気まで一緒に現れたのか。

「あかね、僕は余計なことは言わないよ。恵は怪我をしたけど、自分であかねについていくって決めた結果だからね。どう考えるのも君次第だ」

百太郎はあかねに向き直ると、しずかに告げた。あかねは首を竦《すく》める。百太郎は叱るにしても、こうして本人に自身の非を悟らせる物言いをするのだ。恵が怪我をしたのはあかねのせいでもないがあかねのせいともいえる。そう、言われている気がした。

「……ごめんなさい」

あかねがうなだれて謝ると、ふっ、と百太郎は息をついた。

「今回は怪我の功名だったね、正に。だから……うん、まあ、お説教はやめとくよ」

あかねとしてはむしろ声を荒げて叱ってくれたほうが楽になれるのに、百太郎はそうしてくれない。自分で考えての反省を促しているのだ。こちらのほうがあかねにはこたえた。

「ところで甲斐くん、恵の傷だけど、どれくらいで治りそうなのかな」

「霊傷だから、家族が傍にいれば、さほどかかりませんよ。実際に肉体についた傷はそれなりにかかるとは思いますが」

「ああ、それ、前に聞いたことあるよ。本当なんだね」

百太郎が関心したような顔をすると、甲斐は戸惑ったようだった。

「詳しいんですね」

「僕、そっち方面の研究職なんだ。家族がいなくて十年くらい経っても治らなかったのに、家族ができたら半年足らずで治ったって話、聞いたよ」

家族がいなかったひとに家族ができたということは、子どもでも生まれたか結婚でもしたのだろうかとあかねは考えた。

「そういうこともあるらしいですね。どうしてそうなんだと訊《き》かれると困るんですが。そういう理屈らしい、ということしかわからないので。……ところで」

甲斐は、食卓のしっぽに視線を向けた。「そのうちこれを取り返しに、あのあやかしが来ると思うんですが、……俺は、被害者の意識を取り戻させるという町内会長の依頼しか受けていない」

「何が言いたいんだよ?」

言いよどむ甲斐に、それまで黙っていた勇気が苛立《いらだ》ったように尋ねた。

「このしっぽを取り返しに来る者をどうにかしろという依頼ではないということだ」

「なんだそりゃ」

勇気が間の抜けた声をあげる。甲斐は困った顔をして百太郎を見た。

「つまりそれは、ただでは引き受けられないってこと？」

その視線に、百太郎があけすけに尋ねた。

「要するに、そういうことです」

「けちくせえな」と、勇気がぶつぶつ言った。

「そういう決まりだ。仕方ないだろう」

とはいえ甲斐も納得はいかないのだろう。複雑な表情を浮かべている。

「その依頼って、どうすればいいのかな？」

そんな空気を読んだのか、百太郎が問う。

「対価を支払っていただければ、引き受けることができます」

「対価って、お金？」

「お金に限りません」

そこで甲斐はつづけようと口を開いたが、ちいさく息をついた。何をためらっているのだろう。

「この件はもともと、俺が手紙を届けたから起きたとも言えます。だから、俺が……個人的に引き受けることはできますが、その場合、対価として何かが差し出されるでしょう」

「どういう意味か、もう少し詳しく話してもらっていいかな？」

百太郎がやわらかく頼む。甲斐はうなずいた。

「もし正式に依頼がないまま引き受けても、処理された時点で、勝手に対価が支払われる場合もあるんです。何かだいじなものが壊れたり、誰かが何かなくすかもしれない。そういうものが、形を変えて俺に届けられるようになっているんです」

「なるほど」

百太郎はその説明で納得したようだ。「要するに、ここで僕たちが、逃げたあやかしを集めてくれと頼んでも頼まなくても、もし甲斐くんがそれに関わったら、僕たちが何かをなくしたりするかもしれないってことだね」

「そうです。……これは漠然として大きな件だから、もし俺が関わって処理した場合、何かを失うにしてもそれが大きいかもしれないから」

甲斐が言い終えると、ふむ、と百太郎は顎《あご》に手を当てた。

「これ以上、関わらないほうがおたがいのためってことかな」

「ですが、……逃げたあやかしを集めるなんて、素人にはむずかしい。ほとんど無理といっていいでしょう」

「つまりおまえは、俺たちに、正式に依頼しろって言ってるわけ？」

勇気がずばりと切り込んだ。

「そうなる」

甲斐がそちらを向いてうなずく。「そのほうが安全だ」

あかねはちょっとびっくりした。甲斐が何を言いよどんでいるのかいまいち摑めていなかったのだ。なのに勇気はちゃんと察していた。もしかしてこのふたりは、やっぱり嚙《か》み合っているのかもしれない。

「わかった」と、百太郎が言った。「実は僕も別の方面につてがあって、妹の件を依頼したくて連絡をとったんだけど、先方は忙しいようで、急ぐなら別のひとに頼んだほうがいいと言われたんだよ。誰に？って訊いたら、たぶんもう誰か向かってるだろうと……それってたぶん、君のことだよね」

百太郎の漠然とした言葉に、あかねはぽかんとする。何か不思議なことを、さらりと言われた気がした
「そうかもしれないですね」

甲斐は眉《まゆ》をひそめた。

「じゃあ、君にお願いするよ」

鶴の一声である。勇気は口をぱくつかせた。

「ちょっ……兄ちゃん、それって、こいつにあかねのことをまかせるって意味？」

やっとのことで勇気はそう絞り出す。

「というか、あかねを迎えに来るかもしれないあやかしを追っ払ってもらうことと、逃げたあやかしを呼び戻すことと、どっちかできるほうか、両方か、……」

百太郎の言葉に、さすがに甲斐は顔をしかめて考え込んだ。だが、伏せた目が上げられたのは意外に早かった。一分も経っていないかもしれない。

「できる範囲でとしか言いようがないです」

「じゃあ、一件解決したら、何か対価を出すって感じでいいかな。対価って、お金でなくてもいいんだよね」

「何か、ちゃんと物品なり金銭なり決めておいたほうが、不意打ちでたいせつなものをなくすことは避けられます」

甲斐は言いにくそうに口を開いた。どこか恥ずかしげだ。「それで、いい方法があることはあるんですが……」

「どういう？」

「俺をこの家で寝泊まりさせるというのはどうですか。食事もつけてもらえば完璧《かんぺき》です」

「寝泊まり！」

声を上げた勇気を、あかねはちらりと見た。気の合わない他人が同じ屋根の下で生活するとなったら、この兄は円形の禿《はげ》を作ってしまうのではないだろうか。

「それってもしかして、この家の専任退魔師《たいまし》になるみたいな……？」

百太郎が目を瞬かせる。さすがの彼にも、甲斐の申し出は意外だったらしい。

「はい、依頼が完全に終わるまで、ですが。どうでしょう。廊下で寝るとかでもいいんですが。物置とかでも。あっ、でも風呂《ふろ》も貸してください」

控えめかと思えば要求が図々《ずうずう》しい。しかしこれから暑くなるし、風呂は入ってもらったほうがいいだろうとあかねは考え直す。

「なんで赤の他人を家に入れてメシも食わせなきゃなんないんだよ」

「対価だと言っている」

「依頼をするにしてもなんで前払いだよ、後払いにしろよ」

「前金制である程度の手付けは払うべきだ、こういうことは」

勇気と甲斐が鍔迫《つばぜ》り合いをする。なんだか小学生男子のたわいもない喧嘩《けんか》を見ている気分になって、あかねは目をそらした。

そらした先で百太郎がおかしそうにそのさまを眺めている。どうやら、甲斐に依頼するかしないかについてはもう悩んでいないようだ。

「……甲斐くんの言い分はわかったよ。食事は二食でいいかな。朝と夕。お風呂は最後で、洗濯もOKってことにしよう。ただ、お風呂掃除をやってもらっていいかな？　今後、本当にあやかしがずーっとあかねを迎えに来なかったら、君という居候を置きっぱなしにする可能性があるわけだから」

具体案を提示されて、甲斐はこくこくとうなずいた。

「それで！　お願いします！」

「でも、寝起きはこの家じゃなくて、蔵でお願いするよ。さすがにだいじな妹と同じ屋根の下に他人を入れるのは僕としては受けかねるから」

百太郎はにこやかに告げた。甲斐は苦笑する。

「ああ、だったらいいぜ。あそこは電気も通ってるし、不自由はしないだろ」

勇気はやや忌々しげに同意した。「この家じゃなきゃ俺はいい」

「蔵にはこのあいだまで、あやかし箱が置いてあったんだよ」

そう言ってから、ふいに百太郎は立ち上がった。あまりにも突然だったので、あかねだけでなく勇気と甲斐もぽかんとする。だが百太郎はかまわず食堂を出て行った。

「どうしたんだろ、兄ちゃん」

勇気が少し不安そうな顔をして廊下を見た。台所兼食堂の戸口には扉がないので、廊下を戻ってくる百太郎の足音がすぐに聞こえた。

「そういえばこれもあやかし箱に入ってたんだよ」

再び食堂に現れた百太郎は、手にうさぎのぬいぐるみを持っていた。

『やめろと言っているだろうがッ』

百太郎の突き出した手に握られたうさぎは、じたばたと暴れている。

甲斐が目を丸くした。

「それはこのあいだの……」

「道に落ちていたんです。拾ったらこの家の気配が残っていたから持ってきたんですが」

「そう、甲斐さんに拾ってもらったのよ」

その話は百太郎にはしていなかったのだ。

『ええい、その術使いの気配が鬱陶《うっとう》しいから隠れていたのに』

「えっ、そうなの？　なんで」

百太郎は席に戻りながら、手にしたぬいぐるみを見て話しかけた。

「それは、何かが憑《つ》いているんですね」

甲斐は慣れているのか、驚きもせずじっとぬいぐるみを見る。それに気づいて百太郎が甲斐のほうにぬいぐるみの顔を向けさせた。ぬいぐるみの愛らしいつぶらな瞳《ひとみ》が、ギリギリと鋭く吊《つ》り上がる。

『何かではない。俺は白蛇の雷電だ』

「白蛇？　神格があったのか……？」

『ああ。こいつに踏まれてあやかしとなったのだ』

ぺらぺらとぬいぐるみはしゃべった。『貴様、もっと気配を抑えることはできんのか！　術使いの気が漂いすぎてるぞ』

「このあいだ？」

「こいつもあやかし箱にいたんですか？」

甲斐は雷電の抗議を無視して百太郎に尋ねた。

「そうだよ。なんでか彼は残ったんだ」

『残りたくて残ったわけではない！　この中に封じ込められているからどうしようもなかったんだッ』

甲斐は不思議そうにぬいぐるみを見て、

「こういうものが残っていたなら、先に教えてくれればよかったのに」と、呟《つぶや》いた。

『貴様、俺が協力するとでも思ったか』

くわっ、とうさぎの表情が変わった。次いで、うさぎの頭上に、以前見たときより大きなしろへびの姿が、とぐろを巻いて現れた。

「えっ、でも君は僕たちより賢いんだろう？　このしっぽの子のことも、知ってるんじゃないのかい」

百太郎がそう言って、食卓にのせたままのしっぽにうさぎを近づけた。

『妖狐《ようこ》の尾ではないか』

しろへびがくるりと鎌首をそちらに向けた。

「妖狐ってことは、玉藻前《たまものまえ》みたいなのがいたの？　あの中に」

『そんなことまで答える義理はない』

つん、としろへびがそっぽを向く。

百太郎はふと、ぬいぐるみから手を離した。また立ち上がって食堂を出ていく。

「それにしても、可愛いぬいぐるみだな」

甲斐が興味深そうな目をして、食卓に置かれたぬいぐるみを見た。するとぬいぐるみはぴょこんと立ち上がった。甲斐の目がまんまるになる。そうすると、整い過ぎて少しつくりものめいて感じられるきれいな顔に愛嬌《あいきょう》が加わって、ちょっと可愛さを帯びて見えた。

『可愛いとは無礼な』

うさぎのぬいぐるみは吐き捨てると、甲斐の視線から逃れるように駆けて、あかねの左側に回り込んだ。

「なによ、うさちゃん。甲斐さんが怖いの」

『怖くなどない、術使いの気は俺には鬱陶しいんだ！』

雷電は憤然とした。『それに俺はうさちゃんではなく雷電だ！』

「神格を経てのあやかしなら力も強いだろうに、何故ぬいぐるみに封じられたんだ」

甲斐がややおかしそうに顔をほころばせた。「式神として誰かと契約でもしたのか」

まるで野良猫に手を差し出そうとする通行人のようだとあかねは思う。どうやら甲斐は雷電に興味があるらしい。しかしそれより驚いたのは、雷電が甲斐から見ても強いあやかしであるという事実だった。それを百太郎が子どものときに封じたのなら、百太郎にはそれなりに強い霊力のような力がある、――あったはずだ。

「あったあった〜」

百太郎が意気揚々と戻ってきた。着席した彼が手にしたものに、あかねは思わず笑う。

「何それ、可愛い！」

「可愛いよね。この人形の着替えと家具はセットでさ、引っ越していったりなちゃんって女の子がくれたんだよ。僕の幼馴染《おさななじ》み。今ごろどうしてるかなあ……」

そう言いながら百太郎は、あかねの陰に隠れていたぬいぐるみを引っ摑《つか》んだ。

『やめろッ！』

雷電が金切り声をあげたが、百太郎は容赦なく、持ってきた服をぬいぐるみに着せつけた。ひらひらフリルのワンピースだ。

「ほら、暴れたらうまく着られないよ」

『着られなくてもいい！』

「じゃあこっちにしよう。恵が作ったんだって。せっかくだしね」

百太郎が持ってきたぬいぐるみの着替えは何枚もあり、そのひとつが、豪奢《ごうしゃ》なフリルをあしらった白いドレスだった。百太郎は手早くそれをぬいぐるみに着せつけると、その場にいる全員に見えるように肩を持って立たせた。

「ほーら、よく似合う」

『やめろッ！』

ぬいぐるみの頭上に半透明の白蛇が現れ、シャァッと百太郎に向かって威嚇の音を立てた。だが百太郎は涼しい顔をして告げる。

「サイズもぴったりだよ。恵は相変わらずいい仕事するなぁ」

『こんな道化た格好をさせるなッ』

どうやら白蛇が姿を現すときはぬいぐるみのほうは動かないようだ。半透明の白蛇がうねうねしながら百太郎を威嚇しているが、されているほうはちっともこたえておらず、にこにこと微笑ましげに見返している。

「可愛いわよ」

あかねは、丁寧に縫われたドレスを眺めながら褒めた。ウェディングドレスといってもいいような、何段もフリルがあるちいさな衣装をまとったうさぎのぬいぐるみは、ほんとうに可愛らしかったのだ。

『こんな格好、望んでいない！』

「だったらどういう服がいいの？」

あかねが尋ねると、うさぎのぬいぐるみの上でぐねぐね悶《もだ》えていたしろへびは、あかねに向き直った。

『せめてひらひらはよせ』

「だったら、甲斐さんに教えてあげてほしいんだ。あやかし箱の中にいた、あのしっぽの持ち主のこと」

あかねはそこでようやく百太郎の意図に気づいた。百太郎は必要な情報を引き出すために、うさぎのぬいぐるみにドレスを着せたのだ！　迂遠《うえん》かついやがらせめいたやりかたに、我が兄ながらあかねはただただ呆《あき》れるしかなかった。

しろへびが苛立《いらだ》ったようにとぐろをまき直すと、観念したように甲斐に鎌首を向けた。

『妖狐は、二尾でまだ年若かった。管狐《くだぎつね》だったと聞いた』

「じゃあ、やっぱりあの子は、あやかし箱の中にいたんだ……」

あかねは呟く。

さびしい、と少年は言った。それが騙《だま》す言葉に聞こえなかったことが気になる。

「あの子、さびしいって泣いてたの」

甲斐に告げると、彼は少し困った顔をした。

「さびしい……か」

『そうだろうとも』

しろへびがぬいぐるみの上でとぐろを巻いて目を閉じた。爬虫類《はちゅうるい》のくせに、得意げにも見える顔になる。

「管狐といったな」

甲斐がぬいぐるみに話しかけた。その頭上でしろへびが甲斐を見上げている。視線が合っていないので傍から見ているとおかしい。

『あれは母親と一緒に殺されたと言っていた。殺されたあとの霊が管狐にされたようだな。おそらく母親ともども人間に使役されていたのだろう』

しろへびは鎌首をもたげると、ぬいぐるみの上からぐるりと兄妹《きょうだい》たちと甲斐を見まわした。鋭い目は赤い。

『おまえたち人間はそうやって、むごい行いを繰り返してきた』

憎々しげな声に、あかねは言葉もなかった。今までの少し滑稽《こっけい》な空気が霧散する。

「といっても」

甲斐がしずかに口を開く。「そうしたのは俺やここにいる九十九さんたちそのものではない。人間という集団のうちの誰かのしたことだ。それを俺たちに憎しみや恨みとしてぶつけられる謂《い》われはない」

「でも気の毒だ、殺されて使われてたなんて」

百太郎が痛ましげな顔をする。

どちらの言葉にも、あかねは共感した。

『殺され損というわけだ。いつだってあやかしはそうだ』

「被害者ぶってんじゃねえよ」

それまでややげんなりした顔だった勇気が、苛立ちの表情を浮かべた。「気の毒かもしんねえが、それは俺たちのしたことじゃねえ。あの箱に閉じ込めたのだって俺たちじゃない。それを恨まれても困るんだよ」

『貴様……ッ?!』

何か言いかけた鎌首を、百太郎がぐいっと上から押した。あっという間にとぐろを巻いた白蛇が、ぬいぐるみの頭から中に沈んでいく。

「いろいろ教えてくれてありがとうね、この愚かな僕たちに」

百太郎は少しだけすまなそうな顔をして、ぬいぐるみに礼を告げた。

どうして甲斐さんと一緒にいたの、と勇気に訊《き》くと、

「傘を返しに来たんだ、あいつ」と答えた。

「さっき貸したのを？　もう？」

「ああ。それでこれから橋に行くって言ったから、ついてきたんだよ」

それを聞いてあかねは、勇気が甲斐に対抗意識があるのは出会いかたがよくなかったせいだろうかと考えたが、結論は出なかった。

夜の庭はしずかで、雨が降ったあとだからか涼しかった。生え放題の草が濡《ぬ》れている中、甲斐の使う客用の布団を蔵に運び込む。

「あいつに客用布団なんてもったいねえよ。寝袋でいいんじゃねえの」

「文句言わないの」

百太郎は仕事を持ち帰っているというので、話が済んだあと恵たちに甲斐が蔵に寝泊まりすることになった事情を話してから部屋に引きこもってしまった。

甲斐は先に藍音が蔵に案内している。布団を運ぼうと言ったのはあかねだった。昼寝だったらタオルケット一枚でも不自由しないが、夜はさすがに布団が要るだろうと考えたのだ。百太郎に訊いたら、そうしてあげて、と許可された。

勇気は重たい敷き布団、若葉が掛け布団を運ぶ。言い出したからどっちかを自分が運ぶと言ったのに、あかねは蕎麦殻《そばがら》入りの枕を持たされただけだった。

「なんとか寝起きはできると思いますけど、お手洗いが困りますね」

蔵に入ると、藍音がそんなことを甲斐に言っていた。

「そうだな。寝る前に使わせてもらうが」

「そうしてください。夜中にもよおしても庭でしないでくださいね」

「いや、それは」

藍音がずけずけと言うのに、甲斐は戸惑った顔をする。

「だったら夜でも裏口の鍵《かぎ》、あけておくわ。甲斐さん、今夜はお風呂《ふろ》とか着替えは？」

「さっき、商店街の銭湯を使った。荷物は駅のロッカーに預けてある」

駅までは歩けば二十分かかる。バスはまだあるだろうが、取りに行くのも大変だろう。

「よかったら自転車、使いますか。俺の、貸しますよ」

勇気が置いた敷き布団の上に掛け布団を置きながら、若葉が提案した。だが甲斐は首を横に振る。

「いや、今夜はこれがあるし、もう外出しないほうがいいだろう。気持ちはありがたく受け取っておく」

甲斐は手にしたしっぽを見せながら、若葉の申し出を辞退した。若葉はちょっと楽しそうに見えた。勇気と違い、甲斐に対して隔意はないらしい。藍音はたぶん、興味もあまりないようだ。丁寧な態度でそれと知れた。藍音はあかね以外の興味のある相手は雑に扱う癖があるのだ。あかねもときどき雑に扱われるが、ほかの兄たちにくらべるとかなりましである。たぶん女の子だから手加減してくれているのだろう。

「それよりここはいいから、みんな、できればあの恵くんについていてあげたほうがいい。なるべく家族が傍にいたほうが傷は早く治る。今夜は誰か同じ部屋で寝たほうがいいだろうな」

「なんで家族なんだよ？」

「気が近いからだと言われている」

甲斐は曖昧《あいまい》に答えた。勇気に問われてもちゃんと答えているから、甲斐は勇気と違い、相手に対して負の感情はないようだ。

「と言われている？」

「俺もそのあたりの仕組みはよくわからん。慣習として言われていることだ」

「へえ。素人じゃない専門家でも、よくわかんないことはあるのか」

しかし揶揄《やゆ》含みの言葉を返されると、さすがに甲斐はムッとした。

「よほど素人呼ばわりが気に障ったか」

甲斐の言葉に、勇気もムッとしたようだ。

「そりゃあね」

「小学生並みの拗《す》ねかただな」

甲斐が言うと、藍音が声を立てて笑った。

「まったくその通りですよ！　いやあ、甲斐さんとは話が合いそうだな！」

「藍音、笑いすぎすよ」

若葉が止める。そこでようやく藍音は口もとを押さえた。ますます勇気は拗ねたように口を尖《とが》らせる。ここでへそを曲げられたらあとがめんどうくさい。

「ふたりとも大人げないのは同じよ」

あかねが言うと、甲斐がさすがにばつのわるそうな顔になった。

「そうだな。すまない」

「ゆうちゃんもいつまでも絡んでどうかと思うけど、甲斐さんも、ちょっと物言いがきついわ。わかってる？　もうちょっと言いかたを考えたほうがいいんじゃないかしら。小うるさくてごめんだけど」

我ながらおせっかいにもほどがあると思いながらあかねは言った。すると、甲斐はハッとした表情を浮かべる。

「……君に言われるとこたえるな」

自分の言葉に対する甲斐の反応に、あかねは少し驚いた。その場に座り込んだ甲斐は、頭を抱えると深く溜息《ためいき》をついた。

「それ、身内にはよく言われる」

「よく言われるなら直したほうがいいんじゃないですか」

藍音の言葉に、ますます甲斐は深い息を吐いた。

思いがけず甲斐が傷ついたようなので、あかねはさすがにまずいことを言ったかと後悔した。

「すまん、これからは気をつける」

顔を上げた甲斐にきっぱり告げられる。あかねはそれ以上は何も言えなくなった。甲斐も悪気があるわけではないのだ。

「ほんとに気をつけろよな」

ここで勇気が図に乗った。完全に勝ち誇った顔をしている。

「ゆうちゃんもよ。甲斐さんを挑発するようなことを言うのはやめてよね。いつまでもぐちぐち言うなんて、男らしくないんだから」

「男らしいとかって話か？」

勇気は不満そうだ。「だいたいこいつ、最初っから気にくわねえんだよ。上から目線でもの言うし、言葉はきついし」

「それもよく言われる」

甲斐は否定せず、神妙な顔をした。「だが、……はっきり言わないと伝わりにくいこともあるからな。――しかし本当に、君みたいにちいさな子に言われるとこたえるよ」

そう言って、彼はあかねに笑いかけた。苦笑気味だったが、見とれるほどにはきれいだ。美形の男は藍音で慣れているが、あかねは少しだけ戸惑った。しかし、言われた『ちいさな子』という表現が気になる。中学二年生にはその表現は合っていないと思うが、甲斐にとってはそうなのだろうか。

「ちいさなってまるで三つ四つの子みたいだわ。わたしこないだ十四になったんだけど」

「俺にとっては成人してない女の子はみんな赤ん坊と変わらん」

甲斐はきっぱりと言い切った。その言いぐさに、なんとなくあかねはかちんときた。

「甲斐さんって、見た目はいいけどそんなにもてないんじゃないの、ひょっとして」

「は？」

何を言われたのか、甲斐は理解できなかったようだ。間抜けな顔をしている。それがとてもおかしくて、溜飲《りゅういん》が下がった。

「顔はきれいだけど言うことがけっこうひどいから、そんな気がしたのよ」

「ああ、そうだな、否定はしない。寄ってくる女の子は多いが、たいていつまらないと言って飽きられる」

「モテ自慢かよ」と、勇気が眉間《みけん》の皺《しわ》をますます深くする。

だが藍音は同情したらしい。ぽん、と甲斐の肩を叩《たた》いた。

「わかりますよ。僕も似たようなものです。思ったよりやさしくないとか、なんとか言われて去られる。ありがちなパターンです」

「君もか。話が合いそうだな」

甲斐は藍音を見おろして微笑んだ。藍音もそれに笑いかける。それなりに見た目のいい男ふたりが微笑み合っているという図を見ていると、あかねはなんとなくいたたまれない気持ちになってきた。

「見た目で決めつけられても困りますよね。僕は女の子だからって特別扱いする気はないので」

「いや、それは違うだろう」

ところが甲斐は藍音の言葉に反論した。「女の子にはやさしくしたほうがいい。かよわくはないが、俺たちには理解できない苦労もある。男と同等に扱うことは、時と場合によってはむずかしい」

きまじめな顔をして言う甲斐が、あかねはなんだかおかしくなった。この見た目でそんなことを言うとは、おそらく甲斐は相当にまじめなたちなのだろう。見てくれを利用して異性をもてあそぶことはしなそうだ。藍音は、ほうほうと甲斐の意見を聞いている。

「言っとくが、妹に手を出すなよ」

ふいに勇気が重々しい口ぶりで告げた。

「ちょっ、何言ってんのよ、ゆうちゃん！」

それまで傍観していたあかねは、突然のことに慌てた。もしかして、勇気はそういう考えで甲斐を警戒しているのだろうか。

言われた甲斐もきょとんとしている。

「俺が？　この子に？」

「そうだ」

勇気ははっきりと言った。「おまえを蔵に泊めるのはいいが、夜中に妹の部屋に忍び込んだりしたら、叩き出してやる」

「そんなことはしない」

甲斐は怪訝《けげん》そうに勇気を見た。「俺がそんなふうに見えるのか」

「見えませんが、まあ、兄としては心配すね」

それまで呆《あき》れたように一同を眺めていた若葉が口を開く。「甲斐さんは男前だし、あかねはまだ中学生だから、ぽーっとなったらと思うと……」

ねえ、と若葉は兄に同意を求める。勇気はうなずいた。

なんて鬱陶《うっとう》しい兄たちだ。あかねは頭を抱えた。

「安心しろ。俺がそういう意味で相手にするのは成人した女性だけだ。成人以下は赤ん坊と同じだと言っただろう」

真顔で甲斐がきっぱりと言う。あかねだけでなく、兄たち三人もぎょっとしたような顔をした。

「相手に、する……」

「これは恐ろしい……この顔でそんなことを言うなんて」

「こいつは相当、くってるぜ」

若葉、藍音、勇気は口々に呟《つぶや》いた。甲斐は怪訝な顔をする。

「くってるとは人聞きのわるい。二十五、いや六にもなって何ひとつ知らないほうがおかしいだろう」

「二十六?!　おまえ俺より三つも上なの?!」

「ああ。このあいだ、五月で六になった」

「じゃあふたつ半くらいの差か……」

呟く勇気は九月生まれで、もうすぐ二十四になる。

「安心しろ。重ねて言うが俺は十代の女性にはまったく興味はない」

「それって昔から、自分が十代でもそうだったんすか？」

若葉が興味深そうに尋ねる。「甲斐さん、顔の似た美人のお姉さんがいるんすよね」

「そうだが……」

甲斐は問いかけの意味をはかりかねてか、訝《いぶか》るような顔をした。とたんに勇気がニヤニヤする。

「わかった！　おまえシスコンだな！　姉ちゃん大好きだから年上が趣味なんだろう」

「確かに姉のことは大好きなシスコンだが、それを理由に年上を好んだことはない」

勇気は鳩が豆鉄砲を喰《く》らった顔つきになった。あかねは笑っていいのかわからず、口もとを両手で押さえる。甲斐の見てくれと言動の落差が相まって、たちのよくない漫才のように思えるのだ。

「それとこれとは話が別だ。――君たちだってそうだろう。妹が大切で大好きだからといって、それで女性の好みは決まらないはずだ」

「それはまったくそのとおりです」

藍音が力強くうなずいた。「僕も美形でシスコンという甲斐さんと似たような立場ですが、だからといって僕が好ましいと思う異性のタイプは妹とはかけ離れています」

「それは俺もすよ」と、若葉もうなずく。

「ちょっと待て！　俺だってそうだ！　可愛くて胸のでかい女がいい」

勇気が下品なことを言った。その言いぐさにあかねはムッとした。兄たちにだいじにされているのはわかるが、こういう話題でデリケートな外見についての評を聞かされるのは楽しくなかった。要するにあかねはさして胸は大きくない。標準より少し薄い程度だ。

「胸より……いや、やめておこう。女の子の前でする話題じゃない」

甲斐は言いかけて咳払《せきばら》いをした。「とにかく、君たちが妹さんを心配する気持ちはわかる。俺も昔はそうだった」

何故か甲斐はそこで溜息をついた。

「昔はって、甲斐さんはお姉さんだけでなく妹さんもいるの？」

あかねは話を変えた。このままでは女性の品定めを聞かされるかもしれない。じろりと勇気を睨《にら》むと、あかねの気持ちを察したらしく、ばつがわるそうに目をそらす。

「いや、姉だけだが」

甲斐は額を押さえた。「姉はちょっと……いや、かなり抜けていて、誰かに気のあるそぶりを見せられてもなかなか気づかないひとだった。もう結婚したからいいんだが、俺もたいそう気を揉《も》んだ。女の子にも人気があって、姉をめぐる騒動が起きたりもしていた」

「お姉さん、どんなひとなの？」

あかねは興味を持って尋ねた。「お姉さんをめぐる騒動って、女の子に取り合いでもされたの？　女子校だったの？」

「そうだ。学校はずっと共学だったのに」

甲斐はうつむきかけていた顔を上げて、あかねを見た。「君も姉とは違うタイプだが、女の子に好かれそうだな」

「……それよく言われる」

あかねは溜息をついた。実は二年生になってから、どうやら自分が下級生の女子に受けがいいことには気づいていた。委員会で一緒になった一年生の女子が自分のことで喧嘩《けんか》をしていたのを聞いてしまったのは五月の半ばだ。

それを愚痴ったら八千代に『早く誰かとつきあえばいいのよ』と言われた。しかしあかねはまだ感性が幼いのかべつに彼氏がほしいなどとは思わないし、もし万が一そうなった場合、兄たちの反応が怖ろしかった。

いつか恋人ができて兄たちに紹介したら、百太郎は笑顔でちくちくイヤミを言いそうだし、勇気は有無を言わさず殴りかかりそうだし、恵や若葉や藍音だって、何を言ったりしたりするか。そのときはそこまで気に病んで、考えるのをやめたあかねだった。

「だいじょうぶですよ。あかねに言い寄る男がいたら、まず僕を通せって言ってありますから」

藍音が涼しい顔をして怖ろしいことを言う。「最初に僕が検分します」

「ちょっと、何言ってるのよあいちゃん！」

あかねはハッと我に返った。

「そらそうでしょう。だいじな妹すからね」

若葉もうんうんとうなずいている。

「そんなんじゃ、もしわたしが結婚することになったらどうなるの？」

あかねは頭をかかえた。

「まあ……君の結婚相手は、あやかしでも人間でも、お兄さんたちにボコボコにされるんだろうな」

甲斐は気の毒そうに呟いた。


恵の傷を早く治したいならそうしたほうがいいと甲斐に忠告されていたので、その夜はあかねが同じ部屋で寝ることになった。板間の蔵と違って和室で夏だから布団も要らないとあかねは考え、愛用の夏掛けひとつを小脇に抱えて恵の部屋に行く。恵はうつらうつらしつつも本格的には寝入ってはおらず、百太郎から甲斐が居候することになったのも聞かされて理解していた。

「それにしても、おかしな話だ」

あかねが兄の布団の横に場所をつくって夏掛けをひろげると、布団に横たわった恵がぼそりと呟く。

「何が？」

「家族が傍にいると治ることだ」

「不思議ね」

しかしこのところ、不思議なことが多すぎて、あかねの感覚は鈍っている。あかねは座ると、兄を覗《のぞ》き込んだ。

「ごめんね、ほんとに」

謝ると、恵はちょっと笑った。

「謝る必要はない。俺が相手をあまく見ていただけだ」

「でも、わたしが行くって言ったんだし」

「止めても聞かないだろうし、ひとりで黙って行かれるよりましだ。それに、おまえもこれで納得しただろう」

「納得？」

「俺たちではあのあやかしをなんとかすることはむずかしいと」

「うん……そうね」

あかねは渋々うなずいた。

確かに、あんなふうに襲いかかってくるなら、どうにもできようはずがない。甲斐がいてくれることになったのは助かるが、本当に彼ひとりであやかしたちに対抗できるのだろうか。頼りないという意味ではなく、彼があやかしを追い払ったり封じたりするのをまだ見ていないので、どれほどの実力かわからず、それが不安なのだ。

「それに、わかっただろう」

「なに？」

「自分が無茶をしたら、俺たちが本気で悲しむってことだ」

あかねはきょとんとした。兄は苦笑する。

「俺がけがをして、おまえが感じているのは責任感だけか？」

「ううん。けがをさせちゃったのは悪かったけど……痛い思いをしてるのは、いやだなって」

「俺たちもそうだ。おまえが痛い目を見るのはいやなんだ」

そう、噛《か》んで含めるように言われてあかねはハッとした。

「そうだね……」

兄の言う通りだ。

たとえあやかしに関わらずとも、けがをしたり、病気になったりすることはあるだろう。もし兄たちがそうなったら、と考えると、あかねの胸は痛んだ。

「だから俺たちは過保護と言われようとも、おまえにできるだけ危ないことをさせたくはないんだ」

「ごめんなさい」

あかねは思わず謝った。さっきの謝罪とは意味がちがう。恵の言葉が身に染みていた。

「……だが、おまえがどうしてもやりたいということが危ないことだったら、俺たちはおまえを手助けするだけだ。止めることはできない。誰にも。それでおまえが傷つかないことを祈るばかりだが、もし傷ついても早く治ればいいと思うしかない」

「それってつまり、わたしがやりたいって言ったら、やらせてくれるってこと？」

「まあな。……ただ、ろくでもない男を連れてきて結婚したいと言ったら話は別だ」

ふいに、恵の目が剣呑《けんのん》な光を帯びる。あかねはちょっと笑った。

「だいじょうぶよ、めぐちゃんたちを置いてお嫁になんかいかないから」

「わからんだろう、それは」

「みんなにお嫁さんがきてからにするから！　それならいいでしょ」

「みんなに、か」

恵は表情を和らげた。「長男があんな学問バカの時点でなかなかむずかしい気がするぞ、それは」

「そうよねえ」

あかねは、これまでとは別の意味で溜息《ためいき》をついた。

百太郎は学問バカだ。自分の知識欲を満たすために大学院まで行って、結局は講師になってこの春から異例の大抜擢《ばってき》で准教授である。といってもまだ若いので講師に毛の生えた程度で、本人が薄給というのは謙遜《けんそん》でなく事実だった。准教授になったのもごっそり中堅が抜けて人手が足りなくなったからだという。

「よく考えたらうち、全員ほとんどまともに働いてないのに、よく成り立ってるよね」

「父さんたちが遺《のこ》してくれたもののおかげだ。感謝しないとな。そうでなかったらとっくにちりぢりになっていただろう」

『おまえたちはおめでたいな』

ふいに、甲高い声が部屋の隅からした。見ると、うさぎのぬいぐるみがミニチュアのベッドの上に立ってこちらを睨みつけている。本人が激しくいやがったので、ドレスはとうに脱がされていた。

『その父親の遺したものの中に、あの箱があったというのに』

「そうだけど、でも、……助けてくれると思って遺してくれたんでしょ、父さんは」

そう言うと、あかねはひょいとぬいぐるみを取り上げた。あかねの手の中で、ぬいぐるみがじたじたと手足をばたつかせる。そのさまは可愛らしいというほかなかった。この中に白蛇が封じられているとは到底思えない。

「お腹すいてないの」

『平気だ』

じたじたするのをやめて、うさぎはじっとあかねを見た。『おまえが俺にさわると、空腹が消える』

「え」

びっくりしてあかねはまじまじとうさぎを見つめ返す。

『だからおまえは、毎日、俺に会え』

「もっとしおらしく頼めないの？」

上から目線で命じられ、あかねは思わずうさぎの耳を引っ張った。

『痛いではないか！』

「あ、痛いの？　ごめん」

あかねが手を離すと、うさぎは短い前肢《まえあし》を手のように伸ばして耳の付け根に触れた。ぎりぎりで前肢の先が届いている。

『どうやら俺は、思いの外、この中に強く閉じ込められているようだ。この物体に衝撃が与えられると痛みを感じる。ここまであいつの力が強いとは思わなかったぞ』

「あいつって、ももちゃん？」

『あのいけすかない、いつもへらへら笑っているやつは、ももちゃんというのか』

「百太郎っていうのよ」

雷電は百太郎の名を知らなかったらしい。そういえば、とあかねは気づく。ちゃんと自己紹介をしていないのではないだろうか。

「わたしの名前、知ってる？　あかねっていうのよ」

『それはなんとか』

「すぐ意地悪いうのが勇気、ここにいるのが恵で、前髪長いのが若葉、顔がきれいなのが藍音よ。わかる？」

『なるほど。やっと誰がどの名かわかったぞ』

うさぎが生意気そうにしゃべるのが可愛いので、思わずあかねはゆびさきでうさぎの顎《あご》の下をくすぐった。するとうさぎは手の中でそのくたくたの体をくねらせる。

『こら、何をする！　くすぐったい！』

「あ、こういうのもわかるんだ。おもしろいねえ」

『おもしろくないッ』

うさぎは憤然とした。あかねはその頭、長い耳と耳とのあいだを指先で撫《な》でてやる。

「いい子ね」

思わず笑いかけると、うさぎはそっぽを向いた。

『そ、そんな顔をして、籠絡《ろうらく》しようとしても無駄だぞ』

「ロウラクってどういう意味？」

うさぎに訊《き》き返しても答えがない。兄を見ると、うっすら笑っていた。

「どうやらそいつはおまえを可愛いと思ってるようだ」

「は？　可愛いのはこの子でしょ」

兄が何を言っているのかさっぱりわからず、あかねはうさぎに視線を戻す。

『まあよい。それよりおまえ、毎日こうやって俺にさわるようにしろ。そうすれば、俺はこうして動くことができる』

「それって、わたしが早死にするんじゃないの？」

『しない』

うさぎは胸を張った。『おまえの気は減らないと言っただろう。それに思い出したぞ。あの、ももちゃんとやらに踏まれる前はよく喰《く》っていた。この気は、巫覡《ふげき》の中でも特別な者が持つ気だ』

「フゲキってなに？」

『神に仕える者だ。生まれつき、そのように定められている』

……なるほど』

「じゃあ、わたしってそのフゲキなの」

『それは、そのような修業をしなければなれない。おまえは修業をしていないから、

そこでうさぎは、ふむ、とうなずいた。『だからおまえは花嫁なのか』

「えっ」

ぎょっとした。兄を見ると、顔をこちらに向けている。話を聞いてはいるが特に言うことはないらしい。

「ねえ、うさちゃん」

『うさちゃんではない。俺は雷電だと名乗っただろう』

「雷電さん。わたしがあやかしの花嫁になるって約束してるのって、いつから知ってたの？　もしかして、昔から？」

『ああ、この家に生まれてくる女児をあやかしの花嫁にするという話なら、昔からだ』

「いつぐらい昔？」

『おまえたちのようなひらひらの服ではなく、みんな着物を着ていたころだ。地面もあんな黒いもので覆われていなかった』

「それってずっと昔ね」

歴史については、あかねは学校で習った程度しか知らない。だが、この国が昔、海外と

の交流を断っていたことくらいは知っていた。その当時は雷電の言うように着物で地面は舗装されていなかっただろう。

『今より俺たちも住みやすかった』

どこか沈んだ声で、雷電は言った。淋《さび》しそうに見えたのは、気のせいか。

『俺も白蛇の神と祀《まつ》られて、いい思いをしていた』

「雷電さんって神さまだったのよね。でも今はあやかしなんでしょ。それって本当に、ももちゃんに踏まれたからだけなの」

『おそらくな』

愛らしいうさぎが、むずかしい顔になった。

「おそらくって……」

『踏まれたのは事実だ』

うさぎは顎をそびやかした。『あのももちゃんとやらに踏まれて、俺はたいそう痛い思いをした。ほとんど死にかけたんだ。そのせいで恨みと憎しみの念に凝り固まって、それまでのことは吹き飛んでしまったから、事実そうだとしても憶《おぼ》えてはいないとしか言いようがない』

「なんか、ごめんね」

すまない気持ちになってあかねが謝ると、うさぎがびっくり目をした。

『何故おまえが謝る』

「だって……踏まれて痛かったんでしょう」

痛いのはつらい。苦しい。それくらいはあかねもわかる。他者に痛みを味わわせることを楽しみにする者もいるが、あかねはそうではなかった。

『ああ、痛かった』

「ももちゃんがひどいことして、ごめんね」

重ねて謝ると、うさぎは不思議そうな顔をしてじっとあかねを見上げる。

『おまえはふしぎな子どもだな』

今までにない穏やかな声で、雷電は呟《つぶや》いた。『おまえにそう言われると、あのももちゃんとやらに腹を立てるのがばかばかしくなってくる』

「だったらももちゃんを許してくれる？」

『それとこれとは話がべつだ』

うさぎはふん、と鼻を鳴らした。『俺は百年経ったら、あのももちゃんとやらを取り殺す。それは覆せない』

「それはいいけど」

いま三十の百太郎が百年後まで生きているはずもない。だからこそ百太郎は、百年後なら取り殺されてもいい、と言ったのだろう。兄だから、何を考えているかくらい容易に察しがついた。

「さっきの話。この家の女の子をあやかしの花嫁にするって、雷電さんは誰から聞いたの？」

『かがりだ』

「えっ」

雷電が母の名を口にしたので、あかねはびっくりした。「雷電さん、母さんと知り合いなの」

『おまえ、かがりの娘なのか！』

うさぎがたまげたように目をひん剝《む》いた。『みょうに似た顔つきをしていると思ったが……俺が初めて会ったときのかがりは、おまえくらいの歳だったぞ』

「えええ」

ふたりで驚く。恵は驚きもせず黙ってふたりのやりとりを見ているだけだ。

「……それでどうしてももちゃんに踏まれたの」

『かがりにひさしぶりに会いに来たら、庭で駆け回っていたんだ、その、ももちゃんとやらが』

「ひさしぶりって、だいぶん経ってない？」

『わからんな。俺たちの時間は、人間と流れかたが違う』

「ひょっとして雷電さんって、すごく長生き?」

『人間などよりな。百年など一瞬だ』

うさぎは遠い目をした。

母がいないことをどう伝えようとあかねが考えていると、雷電がつづけた。

『しかし、かがりが死んだことは知っている』

「なんで?」

『死んでから挨拶《あいさつ》に来たからな』

あかねはもう驚かなかった。ぬいぐるみが目の前で動いたりしゃべったりするのだから、母が死後にこのぬいぐるみに会いにいったとしてもおかしくない気がしたのだ。

『いろいろと迷惑をかけるが、すまないと言われた』

「迷惑をかける、と?」

そこで恵が呟く。「過去形じゃないのか」

『俺が、もういなくなるのかと驚いたら、まだしばらくはいるかもしれないと言っていた』

「えっ」

もう驚かないだろうと思っていたのに、あかねは驚いて声をあげた。「それって、母さん、まだうちにいるってことなの?」

『いや、もうここにはいない』

うさぎはどうしてか、気の毒そうな色を浮かべた目であかねを見た。『母に会いたいか』

「……うん」

あかねが正直にうなずくと、うさぎはぴょん、とあかねの手の中を跳び出した。それから、短い足でとててっとあかねの腕を伝って肩までのぼってくると、やはり短い前肢《まえあし》を伸ばして、頰を撫でた。

『仕方ない。親は子より先に死ぬ』

「もしかして、慰めてくれてるの」

もふもふの前肢が頰を撫でる感触が気持ちいい。あかねは笑ったが、うまく笑えた気がしなかった。

『おまえが淋しそうな顔をするからだ』

母がいなくて困ったことも多いが、あかねは何より淋しかった。今でも淋しい。

生後すぐに父を亡くしたあかねにとって、母は唯一の『親』だった。兄たちとはまた別の、だいじな存在。──小学校の入学式に母と行けなかったことを、今でもあかねは憶えている。

「淋しくは、ないよ。めぐちゃんたちがいるし」

ね、と兄を見ると、恵は複雑な表情を浮かべていた。

「せめて俺たちの誰かひとりでも女だったらよかったのにとは思ったことがある。その、……おまえにはいろいろ不自由をさせることもあるから」

恵はめずらしくもごもごした。あかねはくすっと笑った。

あかねの体が丸みを帯びて下着が必要になったときや、月に一度のあれが初めて訪れたとき、兄たちが総出で世話を焼こうとし、『ぜんぶ自分でする！』と固辞したことを思い出したのだ。女のことはよくわからない兄たちには本当に彼女とかいないんだなあ、とそのときにちょっと残念に思ったりもした。当時は学校で養護教諭に相談した女性特有のことも、今では友だちと話してなんとかなっている。

「でもみんなお兄ちゃんでいいよ。お姉ちゃんもいたら楽しかったかもしれないけど、みんなお兄ちゃんだもの、お姉ちゃんになってもらいたいとは思わないよ」

「俺たちにできるのはおまえを守ることだけだ」

しずかに恵が告げる。「おまえが大人になって、ふさわしい相手を見つけるまで」

「ふさわしい相手、ねえ」

あかねは、肩に座っていたぬいぐるみを、むんずと摑《つか》んで膝《ひざ》に置いた。顔を見たほうが話しやすい。

「で、雷電さんは、あやかしの花嫁って話、いつ母さんにきいたの？」

『だから、かがりがおまえくらいの歳のときだ』

「そんな昔に……」

父の手紙では、まるで結婚してから娘をあやかしの花嫁にすると約束したように読めた。もしかしたら、もっと以前の話だったのか。

『九十九家は代々、そうしてきたと言っていたぞ』

「……そうしてきたって」

あかねは目を瞬かせた。

代々、娘をあやかしの花嫁にしてきたというのだろうか。そう考えると少し怖くなった。

『娘が生まれると、くれ、と言って現れるあやかしがいる。だがそれを退けてきたと』

「あやかし箱の中のあやかしに手伝ってもらって？」

『そのへんは知らん』

うさぎは首を振った。『少なくとも、かがりのときはそうではなかったようだ』

「そっか……」

では、あやかし箱の中にいた者たちが助けてくれるとは限らないのだ。あかねは考え込んだ。

今、この町で起きていること。それはなんとかおさめられるかもしれない。だが、あかねを花嫁にするというあやかしは、まったくべつのものと考えていいだろう。

『中の者たちもそう言っていたしな』

雷電の言葉に、え、とあかねは顔を上げる。

「中の者たちって……雷電さんは、あの箱の中で、きつねのあの子以外のあやかしとしゃべったの」

『ああ。ほかにすることもなかったので身の上ばなしを聞いていた』

ぺらぺらと雷電は語った。百太郎が尋ねたときには拗《す》ねたそぶりでいたのに、自分にこうしてすらすら話してくれるのは何故だろう。しかしそれを問えばまた拗ねるような気がしてあかねはそれをのみ込み、べつの問いを投げかける。

「ほかにどんな子がいたか、わかる?」

『もふもふしていた』

あかねが期待して問うと、うさぎは顔をしかめた。『暗くてよく見えなかったから、姿まではわからん。少なくとも、もふもふしたものはひとつではなかったぞ』

「せめていくついたのかわからない?」

『三つはいたな』

では、あのあやかし箱から抜け出したものは、確実に三つはいるということだ。この場合、三人と数えていいのだろうか。

「みんな戻ってきてくれるかしら」

戻ってきてほしい、とあかねは思った。自分が『あやかしの花嫁』として狙われているのを助けてほしいからではなく、逃げ出した先で騒動を起こしてほしくなかったからだ。

それは、騒動に巻き込まれて傷つくひとがいるのがいやなのもあったが、そうしてひとを傷つけたことによってあやかしが憎まれるだろうと予測できるのがひどく悲しく感じられたのだ。

「連れ戻すさ」

恵がしずかに言った。「それに、おまえを迎えに来るというあやかしは、俺たちが追い払う。甲斐さんにも手伝ってもらえるようだしな」

「うん……」

「さて、そろそろ俺は寝るぞ。おまえたちも寝ろよ」

『寝るのか』

恵が天井を見上げたので、うさぎが跳び上がった。あかねの膝から降りると、くるりと振り返って見上げてくる。そのしぐさはひどく愛らしかった。

『では俺はおまえの傍で寝るぞ、あかね』

「やけになついてるな」

恵が唸《うな》るように呟《つぶや》いて、そんなうさぎをちらりと見た。

『なつくも何も、旨《うま》いものの近くにいて腹がいっぱいになるのだから、仕方ない』

「おなかすくと悲しいもんね」

あかねはそう言うと、畳に寝転がって夏掛けをかぶった。うさぎがぴょこぴょこと近づいてきて、肩口におさまる。

『腹が減っているといらいらするし、気持ちも縮こまる。おまえはいい気を持っている。俺はおまえが気に入ったぞ、あかね』

「だったら、もしあやかしがわたしを花嫁にするって言ったら、助けてくれる？」

『何故だ。あやかしの花嫁になると、いろいろといいことがあるぞ』

ちょこんと座ったうさぎは、不思議そうに首をかしげる。『長く生きられるし、いろいろなものを見たり聞いたりできるようになる』

雷電は自身があやかしだからか、あやかしの花嫁になることをわるいとは考えていないようだ。

「そりゃ、相手を好きになれたらいいけど、そんなこともわからないのにお嫁さんになれとか言われても、いやだもの」

『好きになったらいいのか』

「えっ」

あかねは横になったまま、顔の傍にいるうさぎを見た。

『どうだ』

「……考えてみたこともなかった」

『考えるといい』

とはいえ、迎えに来るというあやかしが、どんなものかもわからないのだ。

「会ってからね」

あかねはうさぎにそう言うと、目を閉じた。

やがて、ぽふんと頬にもふもふしたものがあたる。うさぎがもたれかかってきたのだ。

もう夏はそこまで来ていて、暑いときにはぬいぐるみなどさわりたくないとも思うのに、その感触はひどく心地よかった。

【其の参】

翌日はどんよりとした曇天の下、学校まで勇気《ゆうき》が付き添ってきた。恵《めぐみ》は傷が癒《い》えるまで家にずっといるらしい。

ついでに甲斐《かい》が駅に行くというので途中まで一緒だった。

「ねえ、見たわよ！　あれ誰なの」

教室に入ると、八千代《やちよ》が目を爛々《らんらん》と輝かせて大股《おおまた》で近づいてきた。あかねは内心で舌打ちする。

「兄さんよ。やっちんも知ってるでしょ。二番めの兄さんの、ゆうちゃん」

「そうじゃなくて、もうひとりのほう！　モデルみたいにきれいだったけど！」

「あれは……えーと、ゆうちゃんの友だち」

あかねはでまかせを言った。勇気が聞いたら怒ったかもしれない。だがほかに関係性が思いつかなかったのだ。ほかの兄たちの友人でもないし、あかねにとっても甲斐はまだ友人とは思えない。せいぜい知人だが、それが登校の付き添いでくるのはどうにも説明しにくかった。

「あの小学生みたいなお兄さんの友だちなの？」

八千代の評に、あかねは思わず声を立てて笑ってしまう。八千代の言ったように、勇気は少し小学生男子のようではあった。幼稚といぅと言い過ぎかもしれないが、我が強く、つまらない意地を張るところはまさに小学生男子と言ってよかった。

「なぁんだ。じゃあお兄さんみたいなひとなのか」

「そうでもないよ。ゆうちゃんよりは落ちついてて……でも口はちょっと悪い」

あかねに注意されて落ち込んでいた甲斐だが、気をつけると本人は言っていたものの、あまり改善は見られないようだ。今朝も食事をしながら勇気と小競り合いをしていた。すぐになおせるなら今までにもなおっていただろうとあかねも思うので、あまり期待はしていなかった。

「美人だったね」

由紀子《ゆきこ》も近づいてくる。「美人は口が悪くてもいいと思う」

「ゆっこも見てたの」

「だって、やっちんがすごい呼ぶから」

くすくす笑う由紀子に、あかねはちょっと溜息《ためいき》をついた。

それからすぐにチャイムが鳴ったので、会話はそこで終わった。

副担任がやってきて諸注意を述べる中、担任が意識を取り戻したと伝えられ、あかねはホッとする。来週中には復帰するとのことで、クラス全体に安堵《あんど》の空気が漂った。甲斐が解き放ったあの光の玉は、ほんとうにひとの魂だったのだ。それだけはよかったと思った。


下校時、由紀子とわかれると、近くのコンビニエンスストアから勇気が出てきた。

「よう、時間通りだな」

勇気は手に白いビニール袋を持っていた。その中から何かを出してあかねに差し出す。

「あっ、ガリガリ君！」

「奢《おご》ってやる」

「ありがとうゆうちゃん！」

あかねは急いでアイスキャンデーのビニール袋を破った。剝《は》がしたくずを店の前にあるゴミ箱に入れて、冷たい氷菓をかじりながら歩き出す。

「おいしい」

あかねはにこにこして、傍らを歩く兄を見上げた。「ほんとありがとう！　ゆうちゃん大好き！」

「こういうときだけだろ」

ニヤニヤしながら、勇気も同じようにソーダ色の氷菓をかじっている。

「そんなことないよ。昨日だって助けてくれて、ほんとうれしかったんだから」

そういえば、ちゃんと礼を言っていなかった。思い出してあかねは、溶けかかる氷菓を片手に兄に向き直った。

「昨日は、ありがとうね。ちゃんとお礼いってなくてごめん」

「……おまえそういうとこ、母さんに似てるんだよな」

勇気は複雑な顔をした。よろこんでいるようにも、恥ずかしがっているようにも見える。

「わたしって母さんに似てる？」

氷菓で口の中が痺《しび》れたようになるのを感じながら、あかねはできるだけはっきりと発音した。

「母さんの中学のときの写真、見たことあるか？　びっくりするくらいそっくりだぜ」

「そっかあ……」

あかねは母が大好きだった。今でも淋《さび》しいと感じるくらいには好きな母に似ていると言われると、うれしく面映《おもは》ゆかった。

「その写真、どこにあるの」

大急ぎで氷菓を食べ終えた勇気が、棒を見てニヤリとした。

「やっぱり当たった」

「え？」

「おまえに奢ると絶対に当たるんだよなぁガリガリ君。おまえは当たらないのに」

目の前であたりについての文言が書かれた棒を振られる。あかねは大急ぎで氷菓の先をかじった。勇気の言葉通り、見えてきた棒の先には何も書かれていない。

「えっなんで？　どういうこと？」

「おまえといると運がいいんだよ。前に一緒にボートレース見に行ったことあるだろう」

「前って、小学校のときよね」

六年生の夏だった。あかねは記憶を呼び起こす。もうずいぶんと昔の話だ。

「あのときも大当たりで、おかげで俺は兄ちゃんに借りてた金が返せた」

「そんなことあったの？」

そこまでは憶《おぼ》えていない。ただ、勇気に『お舟を見に行こう』と連れて行かれた競艇場の階段を転げ落ちて膝《ひざ》をすりむいたことは憶えている。それで百太郎が勇気を叱りつけ、恵がひどく怒って、ちゃんと見ていなかった勇気ひとりだけであかねを連れ歩くのは禁じられた。そのあとで知ったが、当時まだ大学生だった勇気は、本来ならば競艇場で舟券を買ってはいけなかったのだった。そのあたりについてはうやむやになっている。

「あのときは怪我させて悪かったよ。ごめんな」

今さらのように謝るので、あかねはきょとんとした。

「何を今さら言ってるのよ」

「いや、俺こそちゃんと謝ってなかったと思って」

勇気は照れたようにあかねから目を逸《そ》らして前を向いた。「おまえが昨日のこと、礼を言うからさあ……」

「まさか、気にしてたの？」

本人も忘れていたようなことを気にしていたのだと考えると、勇気が本当に根は繊細で神経質なのだとよくわかる。

「ゆうちゃんってほんと、気にしいよね。大雑把に見せかけて」

「見せかけてなんかねえよ。俺は大雑把だぜ」

勇気は焦ったように反駁《はんばく》した。

「そんなことないじゃない。だっていつもアイロンかけてくれるでしょ」

「あれは！　おまえに皺《しわ》だらけの制服なんて着せたら、やっぱり親のいないうちはこれだからとか言われて、保護者の兄ちゃんがかわいそうだから」

勇気は慌てたように弁解する。それがおかしいが、あかねは笑うのをこらえた。

「制服だけじゃないじゃない。ハンカチも」

「それは若葉《わかば》と同じ！」と、勇気はむきになった。「あいつは、ほかのやつのかたづけかたが気に入らないから台所のことはぜんぶ自分がやるって言うだろ。俺がさわると小姑《こじゅうと》みたいにぐちぐち言うしさ。それと一緒だっての」

「ふたりとも、そういうとこB型だよね。大雑把に見えて、へんなところで神経質で、こだわりがあって」

「血液型占いなんて迷信だぜ。甲斐なんかあれでA型だって言ってたぞ」

「らしいじゃない。融通が利かなくて、きまじめで」

あかねは笑いかける自分の口に、最後の氷菓のかけらを突っ込んだ。


昼食は、迎えに出る前に勇気がつくってくれていた。また炒飯《チャーハン》だ。勇気は炒飯しかまともにつくれない。インスタントラーメンよりはましだ。というより、炒飯がつくれるだけましだというべきか。前はインスタントラーメンしかつくれなかったのを、若葉に教わって炒飯だけは会得したのである。

着替えたあかねが食堂に入るともう炒飯をよそった皿が席に置かれていた。食べていると、しばらくして若葉が帰ってくる。

若葉は食堂に入ってくるなり顔をしかめたが、先日と違ってガス台はきれいにかたづけられていたので、特に小言もなかった。

「やればちゃんとできるじゃないっすか。かたづける場所は違うけど」

そう言いながら若葉は自分のぶんをよそって食べ始めた。

「そういえば藍音《あいね》は？」

「図書館に寄るって」

炒飯を食べ終えかけていたあかねは答える。

「あいつどこで昼飯くってんだろ。そんなに小遣い渡されてるのか？」

すでに昼食を済ませていた勇気は、お茶をいれながら訝《いぶか》った。

「それ、昨日も言ってたけど、……あいちゃんのお小遣いはわたしとたいして変わらないはずよ」

学校から図書館に行くときは図書館のロビーのベンチでコンビニで買ったおにぎりなどを食べていると、以前に尋ねたら藍音はそう答えた。それだって毎日つづけばかなりの出費だろう。それに藍音は食べ盛りだ。ああ見えて勇気以上に食べる。受験勉強で頭を使うからですよと本人は言うが、それにしてもあれだけ食べてふとらないのはどうなっているのか不思議なほどよく食べる。

「わるいおねェさんにでもたかってるんじゃないのか、あいつ」

「藍音にそんなことできたらすごいすよ。あんだけ女ぎらいなのに」

「あいちゃんてそうなの？」

炒飯の最後のひと匙《さじ》を根気よく集めていたあかねは、びっくりしてひとつ隣の席で食べている兄を見た。

「って、前に言ってたすよ。小学生のとき」

「あいつだっていつまでも小学生じゃねえだろ」

勇気がにやにやした。若葉は肩をすくめる。

「っても、藍音にしてみたら、どの女の子もあかねほど可愛くないらしいすよ。俺もそうすけど」

真顔で若葉が言うので、あかねは呆《あき》れた。

「可愛い子なんていっぱいいるじゃない」

「見た目だけ可愛くても、みんな何考えてるかわかりゃしないすよ」

若葉は肩をすくめた。「その点、あかねはさばさばしてるからいいって言ってました」

どっちも藍音の考えなのか、それとも若葉も同意見なのか。

「さばさばっていうけど、そりゃ家族だから、言いたいこと言うだけでしょ」

「妹みたいな女と付き合いたいとか言ったら相当のシスコンだな」

「いやあ、俺も藍音もそれはないすね」

若葉は屈託なく言った。「妹は妹でしょう。あかねみたいな女の子がいても、家族は苦労するだろうなって思うだけす。付き合いたいとか考えたことないすよ」

「それどういう意味よ」

ん？とあかねは首をかしげた。若葉は、あー……と呟《つぶや》いた。

「その、……あかねは元気すぎて、心配が多いすからね」

若葉はもごもご言うと、食事に集中した。

小学生のときは男の子とつかみ合いの喧嘩《けんか》もしたが、最近はおとなしくしているほうだ、とあかねは思っている。兄ばかりと一緒にいたから、気がついたら女の子らしさをどこかに置いてきてしまっていた。女らしくするつもりはあるが、なんだか滑稽《こっけい》に見えやしないかと恥ずかしくなるときもある。そんなの自意識過剰だと八千代には言われるのだけど。

「ところで、めぐちゃんは？」

「部屋で縫いものしてる」

勇気が自分でいれた茶を飲みながら答えた。

「けが、だいじょうぶかしら」

「甲斐がさっき、札を貼り直してたぜ。傷口はふさがってはいるらしい」

「だったらよかったわ」

気になったので、あかねは急いで食事を終え、自分の食器を洗ってから恵の部屋に向かった。

「めぐちゃん、ごはん食べたの」

襖《ふすま》をあけると、うつむいていた恵が顔を上げた。

「気をつけろよ。針を踏むな」

恵は相変わらずの無表情で言う。「傷はもうだいじょうぶだ。しばらく少し痛むと言われたが、もうさほど痛まん」

「もう？　ほんとに？」

畳に広げられた浴衣《ゆかた》の生地をよけて恵の傍に行くと、兄はわざわざ裁縫箱を押しのけて場所をつくってくれた。あかねはそこにちょこんと正座する。

「ああ。甲斐さんが、驚くほど治りが早いと言っていた。家族のおかげだろうと」

「ふしぎね。家族がいると治るって」

「甲斐さんに訊《き》いたが、どうしてそうなのかはわからないらしい。それに、家族といっても、血がつながっているだけではだめな場合もあると」

「どういう意味？」

「さあな」

恵は曖昧《あいまい》に肩をすくめた。どうやら本当にその意味はわからないようだ。

「それより、学校はどうだった」

「あ、うん。先生、来週中には復帰だって」

「よかったな」と、恵は手にしていた針を、裁縫箱の針山に突き刺した。「これで夏祭りは取りやめにならないだろう」

「そうだよね！　うれしい！」

あかねは思わず笑顔になった。兄たちが全員ついてくる、ということはさておき、夏祭りが無事に行われるなら、それはそれでうれしい。もちろん、魂を抜かれていた被害者が元に戻れたのが何よりうれしかった。

「俺も、これが無駄にならなくてよかった」

恵は口もとをほころばせると、畳に広げた布地に視線を落とす。

「これは誰の？」

「若葉のだ。兄さんと勇気のはもう縫い終えた」

「早くない？」

「和裁はまっすぐ縫うだけだからな。それに休みでずっと閉じこもっていて、ほかにすることもなかったし」

「でもあのドレスも縫ってたんでしょ」

うさぎのぬいぐるみに着せたドレスのことだ。「昨日、ももちゃんが着せてたわ、うさちゃんに」

「あれはウェディングドレスだ」

「やっぱりそうなんだ！」

　あかねは頭をめぐらせて室内を見た。恵は自室で縫いものをするとき、ちゃぶ台を部屋の片隅に立てかけている。立ち上がったあかねは、布を踏まないようにしてちゃぶ台の傍に行き、壁との隙間に手を突っ込んだ。もふもふが指に触れる。

「ねえ、何か服、着たくない？」

　むんずと摑《つか》んで引っ張り出したうさぎのぬいぐるみは、あぁん？　と鋭い目であかねを睨《にら》みつけた。

『いきなり何を言う』

「だって昨日の、可愛かったから」

『着物はいいが、あのようなひらひらは好かん』

「だったら端切れでおまえにも浴衣をつくってやる」

　恵はちくちくと布を縫いながら言った。「着物なら、なじみ深いんじゃないか」

「それいいね！」

　あかねが言うと、その手の中でうさぎはやや呆れたような顔になった。

『好きにしろ。しかしよくもまあ男なのに針を使うな』

　うさぎが言った。恵のことだ。

「しかたないだろう。ほかにやるやつがいなかった」

　恵は縫いながら答える。大柄な恵が細かな作業をちまちまとやっているのは、見ると少しおかしいが、あかねは笑う気にはなれなかった。恵がそうやって繕いものどころかあかねに服を作ってくれるようになったのは、彼が高校を卒業する前だった。

「こいつは昔、ズボンばかり穿《は》いていたからな。若葉か藍音のおさがりで」

そのおさがりも、上の兄たちが着たあとだったのでかなり着古されていたりしたものだ。ときには傷みすぎていて、すぐに破れてしまったこともあった。それについて、あかねは特に不平を言ったことはなかった。スカートをはきたいと思ったこともあまりなかった。

「そういえば、六年生のとき、ワンピースつくってくれたよね。卒業式に着たけど」

少しおしゃれなデザインの服を兄が毎日のように縫うのを、あかねは飽きずに眺めたものだ。できあがった服は買ったものよりしっかりしていて、あかねはたいそう恵に感謝したものだった。

「めぐちゃんって昔から器用なの？」

「まさか。最初は指が穴だらけだったぞ」

ふっ、と恵は笑うと、縫うのをやめずに答えた。「おまえに女の子らしい格好をさせたかったからな」

「それで、あのワンピースつくってくれたの？」

「ああ。おまえは今でこそちゃんと自分でスカートでも買うが、昔はどうしてか、服を買わなくていい、おさがりでいいと言っていたからな」

る。

「だって、うち、お金ないんでしょ」

あかねは手の中のぬいぐるみをなでなでした。ぬいぐるみは気持ちよさそうに目をつむ
「贅沢《ぜいたく》はできないが、六人全員、大学に行くくらいの金はあるらしいぞ」

「でも、誰か病気になったり、大けがしたら困るじゃない。それに、わたしが大学出るまでにももちゃんが結婚したらどうなるの。それで子どもとか生まれたら」

衣食住で困るほど貧しいわけではないと言われてはいるし、実際にこの家と土地は所有している不動産だが、そんなに気にするな、と言われても、六人のうちまともに働いているのはひとりだけときたら、家の経済状況が気になりもする。

「あの兄さんに、嫁がくると思うか？」

恵は糸を歯で切った。「車も買わずに貯金をリフォーム費用に充てて、前に付き合ってた女には、弟か妹と結婚すりゃいいだろって言われてふられるくらいなんだぞ」

「……そんなことあったの？」

びっくりして、あかねはぎゅっとぬいぐるみを握りしめた。

『痛い！』

「あ、ごめん」

「そうか、おまえは知らなかったな」

恵は裁縫箱をかたづけた。「リフォームする前だ」

『あの男に懸想するような女がいたのか』

ぬいぐるみが偉そうに言った。

「わたしも初耳よ」と、あかねは話しかける。「ももちゃんは男前なのに、浮いた噂がないと思ってた」

「兄さんは隠しごとがうまいからな」

『あいつは腹黒だ』と、うさぎが決めつけた。

「それはそうね」

あかねも認める。

百太郎《ももたろう》はいつもにこにこしているが、だからといってとくに温和な性格ではない。毒のあることをさらりと言うし、本気で怒るときはとんでもなく怖い。声を荒げたり暴力を振るったりはしないが、あかねでさえ家から放り出されるほどだ。

とはいえ、そこまで百太郎が怒ることなど滅多にない。勇気以外の弟妹がそこまで怒らせたことなど今までそれぞれ一度くらいしかないのではないだろうか。

「でも、だから頼りにはなるのよ」

『そうだろうとも。俺を封じ込めることができたのだしな』

「ねえうさちゃん、じゃなくて雷電《らいでん》さん。ほんとにももちゃんがそんなことしたの？」

気になってあかねは訊いた。

『俺がうそをついているとでもいうのか』

うさぎが憤慨したように答えた。

「そうじゃなくて、ももちゃんにそんなことできるんだ、ってびっくりなの」

『したぞ。されたほうが言っているのだから、うそではなく事実だ。あいつは忘れていたがな』

いらいらしたようにうさぎは言った。ん？　とあかねは首をかしげる。

「もしかして、雷電さん、それで怒ってるの」

『どういう意味だ』

「ももちゃんがやったことを忘れてたから、そんなふうに怒っているのって意味よ」

『忘れていなくとも恨みは晴らすぞ』

くわっ、とぬいぐるみは口をひらいた。とはいえ、布地にちいさくあけられた口が動いただけだ。可愛いなあ、とあかねは思った。

「それはべつにいいけど」

百年後、と百太郎は言ったが、兄がその約束を律儀に守るとはあかねには思えなかった。それに百年経ったらさすがにあの兄も生きていないだろう。生きていたらびっくりだ。

「忘れられてたことを怒ってるなら、忘れられたくなかったみたいね」

「さて、俺は昼飯を食ってくるぞ」

あかねがうさぎとたわいもない話をしているうちに、恵は布地をかたづけてしまったようだ。立ち上がると部屋を出て行く。

部屋の主《あるじ》がいなくなったので、あかねはぬいぐるみを手にしたまま廊下に出た。そのまま硝子《ガラス》戸をあけてサンダルで庭に出る。

「どこへ行く」

「蔵よ」

誰もいなかったら昼寝をしようと思ったのだが、重い引き戸をあけると甲斐がいた。

「あ、甲斐さんいたの」

「ああ。おかえり」

にっこり笑って言われると、本当にきれいなひとだな、とあかねは改めて思った。彼に似ているという姉はさぞ美人なことだろう。

「何かあったのか」

「担任の先生が、来週中には復帰だって。甲斐さんのおかげよ。ありがとう」

「いや、礼を言われるようなことじゃない。君が引っこ抜いたしっぽが、偶然にも魂を憑《つ》けていたのが運がよかったんだ」

そのしっぽは、甲斐が持っている。蔵の床に置かれたそれは、襟巻きだと言われたらそう見えただろう。

「あとね、訊きたいことがあって」

「うん？」

「あのきつね、魂を抜いてどうしようとしたのか、わかる？」

板間の端に腰掛けて、あかねは甲斐を振り向いて見た。甲斐が目を瞬かせる。

「どう……？」

「理由もなく、魂を抜いたりするの？」

「理由はきっとあるだろう」

甲斐は考えながら語った。「だが……その理由がなんなのかは、わからないな」

「今までにもこういうことあった？」

「あったが、理由までは考えなかったな」

「どうしてそんなことしたのかしら」

あかねは手の中で、ふにふにとぬいぐるみを揉《も》みながら問う。くすぐったいのか、うさぎは少しじたばたした。

「この雷電さんは、ももちゃんに踏まれて、それを恨んでるんでしょ。それであやかしになっちゃったって言ってるけど」

そう言いながらあかねは、よく考えれば、百太郎は雷電に対して責任があるのではないかとふと思った。恨ませて、神だったのをあやかしとしてしまったのだ。恨まなければいいのかもしれないが、雷電の気持ちもわからないではない。されたことの仕返しくらい、したくもなるだろう。

「あの子も、理由があるんじゃないかと思ったのよ」

「あの子、か」

甲斐は、案じるような表情を浮かべた。「君はあのあやかしに同情しているのか」

「同情？」

思ってもいなかった問いかけに、あかねは目を瞬かせる。

（さびしい……）

少年が呟《つぶや》いていたのを、思い出す。

「あの子、さびしい、って言ってたの」

「あの子と言うが……」

「最初、ちっちゃい男の子だったから」

「なるほど」

「ねえ、もしかして、さびしくてあんなことしたのかな？」

あかねが問うと、甲斐は困惑したようだった。

「そうだとしても、人間の生活を脅かすようなことをされては困る」

「でも、さびしいままだったら、同じことをするかもしれないんでしょ」

「そうしたあやかしを始末するのが、俺たちのつとめだ」

始末、という言葉に、あかねはぞっとした。

「それ、殺すってこと」

『あの妖狐《ようこ》、二度も殺されるとは憐《あわ》れな話だ』

それまであかねの手の中でおとなしくしていた雷電が、しずかに言った。あかねは思わずぬいぐるみを見る。

「殺すわけじゃない。……あやかしは、消えるだけだ」

甲斐は眉《まゆ》を寄せた。「あるいは、人間の世界から離れてもらう」

「さびしくなくしてあげることはできないの」

あかねがさらに問いを重ねると、甲斐はますます眉間《みけん》の皺《しわ》を深くした。

「そういうことは考えたことがない」

『さびしさなど、本人の心地でしかどうにもならんぞ』

うさぎが言った。あかねはその言葉の意味がわからず、ぬいぐるみをじっと見る。

「どういう意味？」

『やれやれ』と、うさぎは呆《あき》れたように溜息《ためいき》をつく。『さびしい、と感じる本人の気持ちを、他者がどうこうできるはずもないということが、この子どもにはまだわからないか』

「子どもっていうけど、もう十四になったのよ」

『ならばますます問題だ。昔なら嫁にいくような歳だというのに、そんなこともわからんのか』

「昔はそんなに早くお嫁にいってたの？」

あかねはびっくりした。「だって法律だと、十六歳でしょ、結婚できるのは」

『そんなのは知らん。前は月のものがきて女になったら、顔も知らん男と娶《めあわ》されていた』

「……月のって……ええええええ」

その言い回しに戸惑ったものの、すぐに理解してあかねは仰天した。

「いつの話だ」と、甲斐が呟く。

「すっごい昔じゃないの、それ」

『すっごい、ではない。せいぜい遠くて百年ほど前だぞ』

「今もあるらしいが」

甲斐がまた、呟く。

「なんでそんなこと知ってるんですか？」

「そういう境遇の者に依頼されたことがある」と、甲斐は肩をすくめた。

「今って二十一世紀だよ！　そんなのおかしくない？」

「俺もそのときはそう思ったな」

甲斐はうんうんとうなずいた。「だが、霊的な事件を依頼してくる古い家柄だと、今でもそういうことはあるようだ。その家には座敷牢《ざしきろう》もあった」

「どういう事件だったの？」

「依頼された事件をぺらぺらしゃべることは禁じられている。個人情報だからな」

甲斐は涼しい顔をした。「世にはいろいろな家庭があるというわけだ」

「もうだいぶんしゃべってると思うけど」

「詳細は語っていないからだいじょうぶだろう」

そうは言うものの、甲斐は少し不安そうな顔をした。このひとちょっと抜けてるなあ、とあかねは思う。

「それよりうさちゃん、さっきの、よくわかんないから説明して」

『うさちゃんではないと言っている』

「雷電さん」

『説明した。おまえが幼いから理解できないだけだ』

うさぎが手の中でふんぞり返る。あかねは思わず、両手でぎゅっとぬいぐるみを絞った。

「もっとわかりやすく説明して。愚かな人間より賢いんだから、できるでしょ」

『ちっ』

うさぎは舌打ちのような音を出した。どこから出しているのか。

『さびしいと感じるのは、当人の心だ。さびしくない、と思えばさびしくない』

「……それって、要するに、考えようによっては淋《さび》しくないってこと？」

「君はご両親がいないだろう」

甲斐が見かねたように口を開く。え、とあかねは彼を見た。淡い色の瞳《ひとみ》が、じっと自分に注がれている。

「そうだけど……」

「さびしいかい？」

「……そりゃ、さびしくないって言ったらうそになるけど、お兄ちゃんたちがいるから」

あかねはありのままに答えた。

小学校の入学式で、親ではない保護者が来ている者はあかね以外にもいた。その中でも百太郎はいちばん若く、ほかの保護者に、たいへんね、と言われて、そうでもないです、と笑っていた。

親がいないからと誹《そし》られたこともある。そのときはさびしさより、くやしさと悲しみがまさった。

「君のお兄さんたちは、君がさびしくないようにしてくれたんだな」

「……そうね。甘やかされてるってこと？」

「そう言いたいわけじゃない」

甲斐は苦笑した。「親がいなくてさびしくても、さびしさを紛らわせることができているだろう？」

「そうね。……あの子は、さびしくても、それを紛らわせることができないのね」

「それは、どうしてだと思う？」

「どうして？」

甲斐の反問に、あかねは目を瞬かせた。

『孤独だからだ』

答えたのは雷電だった。『自分がこの世にただひとりだと思っているからだろう』

「ひとりじゃなかったら、さびしくない？」

『単純に言えば、そうだ』

雷電は肯定した。『しかし、当人に他者を受け容《い》れる余裕がなければ、孤独でなくなることはない。――さびしいと言う者は、自身でさびしくなるように仕向けているんだ。他者を撥《は》ね除《の》け、寄せつけない。それでいて、さびしい、と嘆く。見事な矛盾だ』

それでやっと、あかねは雷電の言わんとしていることをのみ込んだ。

「そっか……さびしいって思ってるなら、さびしいままってことね」

あかねは、友人の由紀子を思い出した。

由紀子の家は、本人曰《いわ》く『崩壊している』そうだ。両親とも家に寄りつかない。由紀子にはきょうだいはおらず、お手伝いさんが身の回りの世話をしてくれるらしい。だけどそれがふつうだからさびしくない、と本人は言う。学校に行けば友だちに会えるから、と。

傍から見たら、由紀子は気の毒な身の上なのだろう。だが、本人はさびしくない、むしろ楽しい、と言う。

それは、由紀子が楽しく毎日を過ごしているからだ。

『孤独は自らの影と同じだ。どこまでもついて回る。誰でも、心の底の底まで、他者に理解されることはない。さびしいと思えばさびしい。だが、さびしさに気を取られなければ、感じることもなく忘れていられる。ただそれだけのこと』

うさぎのぬいぐるみは、したり顔で語った。

「あの子はさびしくなくなったら、わるいことをしなくなるかしら」

あかねは思わず問う。うさぎのぬいぐるみは顔をしかめた。

『何を戯言《たわごと》を』

「だって、雷電さんが言ってるのはそういうことでしょ？」

『だとしても、おまえごとき小娘に何ができる』

その言いぐさにムッとして、あかねはぬいぐるみをぞうきんのようにぎゅうっと絞った。

『痛い！　やめろ！』

「小娘って言うから！」

『実際に小娘ではないか！』

「ほんとのことを言われると人間は腹が立つのよ！」

『やめろ、ちぎれる！』

「やめてくださいあかねさん、でしょ」

しかしあかねはひとしきりうさぎを絞り終えると、力を弱めてやった。うさぎはぴょんと跳ねてあかねの手から逃げ出すと、板間に立った。

『この馬鹿力が……』

あかねはクラスの女子ではいちばん力が強い。スポーツテストの握力は、運動部の女子より強かった。新しい雑巾《ぞうきん》を絞ってぶちぶちと糸が切れたこともある。その力を込めて絞ったのだから、相当に痛かっただろう。

「いやなこと言うからよ」

「だが事実だな」

甲斐がやや、呆れたように言った。「君がなんとかしたいと思っても、なんとかできるような力もないだろう」

あかねはいささか苛立《いらだ》ちながら甲斐を睨《にら》んだ。

「何か方法があるかもしれないでしょ」

「あるかもしれないが、今の君には無理だ」

頭ごなしに決めつけられて、ますますあかねは苛立った。

「やってみなきゃわからないじゃない、そんなこと」

「さびしい、と感じている者をさびしくなくするには、その相手に対してある程度以上の情がなければできない。――君はあやかしに対して、家族のように接することができるのか？」

甲斐の言葉に、あかねはきょとんとした。

「家族のように……」

あかねにとって家族といえば、兄たちだ。あやかしを兄たちと同列に置くことはできないだろう。そう考えて、あかねは悄然《しょうぜん》とした。

『おまえは傲慢《ごうまん》だ。自分に何かできると思うなよ』

うさぎはふんぞり返って言った。そうかもしれない。

自分たちの家から出たものだから、なんとかしなければならないとは思う。だが、自分にそれを可能とする力はないのだ。省みれば、雷電や甲斐の言葉が正しく思える。

「傲慢かあ……」

あかねは溜息をついた。「でも、……なんとかしたいって思うのよ」

「それは気持ちだけにしておいたほうがいい。あの手紙が本当なら、君は狙われている。その相手はただの人間がどうこうできる存在じゃないだろう。身を律して、自衛するだけにとどめたほうがいい」

甲斐の言葉に、うつむきかけていたあかねは顔を上げた。

「わたし、それしかできないの？」

「あのバ……君の兄にも言ったが、素人が手を出すと痛い目を見るだけじゃない。こちらの仕事も増える」

甲斐はばっさり切り捨てた。「だから余計なことはせず、大人しくしていてくれ」

蔵で昼寝をしようと思っていたが、甲斐とのやりとりでそんな気分は吹き飛んでしまった。あかねは自室に戻り、しばらくベッドでごろごろしたり、予習をしようと思ってやめたりした。

勇気はいつの間にか出かけていて、恵はまだ怪我が治りきっていないながら縫いもので忙しい。若葉は台所で夕飯を作ってるようだ。兄たちと一緒に出かけるのもままならないので家で何かしようと思ったが、特にすることもない。勇気が買ってくるマンガの雑誌も今週分はとっくに読み終えていたし、戻ってきたテストの見返しもする気になれなかった。

さびしい、とあの子は言った。

それをどうにかすればあんなことはしなくなるだろうという考えはぬぐえない。そのもやもやが胸に溜《た》まってどうしようもなかった。

こんなことを考えるのも、雷電が言うように『小娘』だからかと思うと癪《しゃく》に障る。

無駄に時間を費やしていると、陽が傾いてきた。冬ならば真っ暗になる時刻でも、夏至を過ぎたばかりでまだ陽射しは明るい。階下からいいにおいが漂ってきたので、あかねは部屋を出て階段を降りた。

「またカレーなの？」

カレーはきらいではない、というよりむしろ好きなほうだ。若葉曰く、つくるのが簡単だという。だから若葉が忙しいときはたいていカレーだ。

「今日はチキンカレーす。甲斐さんのぶんもつくったから、少し多めにしました」

台所に入って訊《き》くと、若葉がエプロンをはずしながら言った。「もうできてるんで、みんなが帰ってきたら食べてください。俺ちょっと出てくるんで」

「どこ行くの？」

「ちょっと」

若葉はもごもご言った。どうやら行き先を言いたくないらしい。あかねが怪訝《けげん》な顔をすると、台所を出た若葉は、あかねに向き直った。

「みんなには内緒にしてほしいんすが」

「なんなの？」

「……志村《しむら》の兄ちゃんが危ないらしいんす。それであいつ、今日も休んでずっと病院にいるみたいなんで……おにぎりでも持っていこうかと思ったんすよ」

若葉はそう言うと、食卓に置いてあった紙袋を取り上げた。

「志村くんのお兄さん、そんなに具合わるいの？」

「……病院には、今週中で、なんか、その」

そこで若葉はまた口ごもった。

「そんな……」

大けがをして入院している、意識が戻らないと聞いてはいたが、今週中、と言われると、最悪の事態を察して茫然《ぼうぜん》とするばかりだ。

「し、志村くん、ひとりになっちゃうの？」

もし自分もそうなったらと考えると不安になってくる。若葉は困ったような顔になった。

「そうらしいす」

兄は言いにくそうに、しかしはっきりと答えた。いつも曖昧《あいまい》な物言いをする若葉らしくない断言に、あかねは寒気を覚える。

気まずい表情を浮かべた若葉は、紙袋をぶら下げて家を出て行った。

今週中に、とは、今週中に死ぬという意味だろう。あかねにもそれくらいわかった。

あかねにとって志村は若葉の友人であり、親しく話すこともさほどない。志村の兄については、素行がよろしくないからあまり近づかないようにと兄たちに言われただけで、顔くらいしか知らない。

その程度でも、知っているひとが死ぬかもしれない、と聞かされると気持ちが沈む。あかねがそうなのだから、若葉はもっと暗い気持ちになっているだろう。それに、これが親や祖父母といったそれなりに年を取っているものならば、悲しくなってもまだ納得はできたかもしれない。だが、志村の兄は志村とはふたつしか違わないはずだ。若すぎるといってよかった。

若葉が出ていくと、台所がしんと静まり返る。あかねは食卓の自分の席についた。いつもは兄たちと囲む食卓にひとりでいると、物悲しい気持ちになってくる。

喉《のど》の渇きを覚えて、あかねは立ち上がった。冷蔵庫をあけると、ドアポケットから麦茶の入った筒形のポットを取り出す。きちんと煮出した麦茶を毎朝つくるのは若葉だ。

ずっと昔にはそれを母がやっていたのを、あかねは憶《おぼ》えている。朝一番に麦茶をやかんで煮出し、大きな洗《あら》い桶《おけ》に入れて流水で粗熱をとり、プラスチックのポットに入れて冷蔵庫で冷やすのだ。六人もいるから、そんなポットが冷蔵庫のドアポケットには三本詰まっている。家にいるときはペットボトルのお茶なんて飲まない。

コップに氷を入れて麦茶を注ぎ、ポットを冷蔵庫に戻す。コップを片手にあかねはシンクのすぐ上にある窓から外を眺めた。庭先が見える。木立の向こうには蔵がある。

陽が少し陰ってきている。もうすぐ夕方だ。兄たちが帰ってきたらこんな気持ちにはならないはずだ……とあかねは考えて、自分が淋《さび》しいことに気づいた。

淋しい。

誰も自分の味方ではないと考えていたら、きっと淋しいだろう。両親のいない志村は、唯一の家族である兄を失ったら、淋しくなるのだろう。そう考えるとひとりになれる自室に戻る気がしなかった。食卓の自分の席であかねは、食卓に投げ出した腕に顔を伏せた。

なんだか泣きたい気持ちだったが、涙は出なかった。

＊

誰かが泣いている。

あかねはふと気づいて顔を上げた。

(どうしたの、あかね)

見えるのは、庭だった。庭の片隅から、家を見ていた。

縁側から母が降りてくる。それに駆け寄るのは、泣いている幼い自分であることに気づいて、あかねは少し驚いた。

(ころんじゃったの……)

幼いあかねは、泣きながら母の膝《ひざ》に抱きついた。

(あらあら)

母はやさしく笑うと、そのままあかねを抱き上げて縁側に座らせる。転んですりむいた傷が、膝に赤く見えた。

(待ってて)

すぐに母は家に上がり、救急箱を手にして戻ってくる。傷を消毒して手当てをすると、母はやさしく問う。

(どうして転んだの?)

幼いあかねは唇を引き結んだ。

ずっと忘れていた、遠い記憶だ。あかねは今まで忘れていたことに愕然《がくぜん》とした。

(おにいちゃんたちにはないしょにしてくれる……?)

幼いあかねは、おずおずと母を見上げた。

(おにいちゃんたちに? どうして)

(つきとばされたの。なまいきだって)

近所に住んでいた子にそう言われて突き飛ばされ、転んだときのことだ。

母はちょっと困った顔をした。

(そうね。お兄ちゃんたちが聞いたら、相手の子に何をするかわからないわ)

(だから、がまんしたの……でも、……)

そうだ。あのときは家までは泣かずに帰った。家の門をくぐるとどっと涙が出てきたのだ。無事に帰れたことがうれしかった。

(あいちゃんは一緒じゃなかったのね)

(うん。だから、おにいちゃんたちがしったら、あいちゃんのことしかるでしょう? あいちゃんはわるくないもん)

すぐ上の藍音は、小学校に上がるまではいつもあかねと一緒にいたので、ほかの兄たちに、あかねに何かあったらすぐに知らせるようにと言いつけられていたのだ。

(どうして生意気だなんて言われたの?)

(おにいちゃんがいっぱいいるからだって)

突き飛ばした子の名を口にすると、母は少し悲しそうな顔をした。

相手の子の顔ももう忘れてしまった。どんな子だったかも憶えていない。いじめっ子ではなかったはずだ。それまではふつうに仲良くしていたのだから。

(わたしには弟しかいないのにあかねちゃんにはおにいちゃんがあんなにいてずるい、なまいきだっていわれたの)

相手は弟が生まれたばかりで、両親の関心が自分から薄れたように感じていたらしい。その八つ当たりをされたのだろう。

(仕返しは我慢したの?)

母に言われて、幼いあかねはうなずいた。本当は同じように突き飛ばしてやりたかったのだが、もしそんなことをしたら騒ぎになるかもしれないと考えてやめたのを、あかねは思い出した。

（偉かったわね）

母はあかねの頭を撫《な》でた。母の手に撫でられて、やっとあかねは少し笑った。

（あの子、さびしいのね、……あかねはいつもお兄ちゃんたちにだいじにされるけど、今は自分を誰もだいじにしてくれていない気がして、うらやましかったのかもしれないわね）

（どうしたら、さびしくなくなるの？）

（さあ……）

母は首をかしげた。（誰か傍にいるといいのだけど）

（だれもいないのかな）

（誰かが傍にいても、さびしいことはあるのよ。……もう痛くない？）

（……ちょっといたい）

傷の具合を訊かれて、幼いあかねは甘えるように答える。

（痛いの痛いの、とんでけ～）

母は、手当てで貼りつけたガーゼの上から、あかねの膝を撫でさすった。あかねも真似をして、呪文を唱える。

（いたいのいたいの、とんでけ〜）
（ほら、お空の向こうに飛んでった）
母が笑う。（さびしいのも、こうやってお空の向こうに飛んでいくといいのにね）
幼いあかねが、涙でよごれた顔をして笑う。
（おかあさんがいるから、わたし、さびしくないわ）
あかねが言うと、ふいに母は悲しそうな顔をした。
（ごめんね……あかね）
何かを悔やむように、母は謝った。

＊

ざあっと風の音がして、あかねはハッとした。いつの間にか、食堂でうたた寝をしていたのだ。窓の外は赤らんでいるように見えた。

起きたばかりの重い体で立ち上がり、食堂を出る。風の強さが気になって、恵の部屋の外から声をかけた。

「めぐちゃん、いる？」

「ああ」

答えがあったので襖《ふすま》をあけると、恵は広げた反物のあいだに座っていた。

「どうした」

「風が強いから雨が降るんじゃないかと思って。みんな傘、持ってったかな？」

「藍音はだいじょうぶだろうが、勇気と若葉はわからん。兄さんは自分でなんとかするだろう」

恵の部屋が、夢に出てきた南側の和室だ。あかねは部屋を横切ると、廊下に面した障子をあけた。日当たりのいい廊下は、夕暮れの色に染まっている。あかねは硝子《ガラス》戸をあけると、縁側の下に置いてあるサンダルを履いて庭に出た。蔵に向かうと、ちょうど甲斐が中から出てくる。両手にそれぞれ、きつねのしっぽとうさぎのぬいぐるみを持っていた。

「甲斐さん、夕飯、カレーだけど、いいかしら？」

「え」

甲斐はびっくりしたような顔をした。

「食べない？　カレーきらい？」

「いや……すきだ。うれしい」

甲斐はうれしそうな顔をして、あかねにうさぎのぬいぐるみを渡した。受け取ったうさぎの顔を覗《のぞ》き込むと、じろりと鋭い目で睨《にら》まれる。

『俺をこいつのところに置いていくとは卑怯《ひきよう》な』

「卑怯って」

あかねは目を瞬かせた。「どうして」

『こいつは術使いだ。気を喰《く》らうとちくちくする。傍にいると疲れる』

「甲斐さんが苦手ってこと？」

『端的に言えばそうなる』

うさぎの言葉に、ふとあかねは疑問を口にした。

「うさちゃ……雷電さんはももちゃんが訊《き》いてもあんまり答えてくれないけど、わたしが訊くと答えてくれるのは、なんで？」

『おまえが旨《うま》いからだ』

あっさりと雷電は答える。あかねは考え込んだ。

「君はどうやら、あやかしに好かれる気の持ち主のようだ」

やりとりを見ていた甲斐が口をひらく。「俺はあやかしではないのでよくわからないが、そういう者は確かにいる。君はそうなんだろう」

「もしかして……」

考えながらあかねは口をひらく。「だから、花嫁にしたいって狙われるし、あやかし箱のあやかしが守ってくれるかもしれないってことなのかな」

「それは俺も考えた。可能性としてはあり得るな」

『とはいえ箱の中にいたやつらはみんな逃げ出しただろう。ヒトに協力する気はないはずだ』

ふん、とうさぎが鼻を鳴らす。『どちらにしろ、そんな気を振りまいていたら、古神《ふるかみ》の花嫁にと求められても仕方ない』

「ふるかみ?」

『いにしえの神だ』

「おい、そんなところで立ち話をしていると、蚊に刺されるぞ」

母屋から恵が呼んだ。なのであかねは家に戻る。縁側に腰掛けると、恵が火のついた蚊取線香を持ってきた。それを挟んで甲斐も縁側に座る。

「古神というのは、ずっと昔に祀《まつ》られた神のことだ。といっても、祀られて神になった人間も含まれるらしい」

甲斐が説明する。だがあかねはよくわからない。首をかしげると、さらに甲斐はつづけた。

「この国の古い信仰は神道だ。あれは死者をすべて神として祀る。だからひとはみな、死ねば神とされる。ずっと昔から祀られつづけてきた者は、そうした信仰を受けて力を増す。それを古神と俺たちは呼んでいる」

「甲斐さんは俺たちっていうけど、ほかにも甲斐さんみたいなひとがいるの」

「そうだ。俺のようなことができる者のいる組織がある」

「組織！」

とたんに胡散臭《うさんくさ》くなったので思わず甲斐を見た。甲斐は肩をすくめる。

「いかがわしいものではないから、安心してくれ」

「別になんだっていい」

縫いものに戻った恵がしずかに言った。「妹を守ってくれるならな」

「守れるかどうかはわからん」

「えっ」

「君次第だ」

あかねが驚くと、甲斐は視線を向けてきた。

「どういう意味？」

「もし君が今後、誰かを好きになって結婚したいと考えたとき、その相手が手紙にあったあやかしだったら、俺にそれを止めることはできないだろう？」

「……で、でも」

あかねは言いかけたが、何を言うべきかわからず黙った。

あの手紙を読んでから漠然と、何か怖ろしいものが迎えに来る、と考えていたが、もしそうではなかったら、――あかねが好きになった相手がそのあやかしだったら。

「もちろん、相手が無理に君を連れて行こうとして、君がそれを嫌だというなら、依頼を受けているからにはなんとしてでも止めるが」

「なるほどね」

あかねは納得した。

だが、自分があやかしを好きになるとはとても思えない。

「というか、あの手紙って、どうしてこのあいだまで届かなかったの？」

「日が決められていた。預かっていたひとに、あの日に持って行けと言われたんだ」

甲斐の答えに、あかねは首をかしげた。

「それはつまり……その日までは、あやかしが迎えに来るかもしれないってことを知らなくてもよかったってことなのかな」

「ある程度、成長するまではだいじょうぶだと考えていたのではないかな、君のお父さんは。わからんが」

だとしても、それは推測でしかない。父はもういないのだ。

「お父さんに訊けたらいいのになあ……」

「不可能ではない」

甲斐の言葉に、あかねはえっとなった。

「お父さんに訊くのが？」

「まだ近くにいれば、呼び出すこともできる」

「近くに？　だって、死んじゃってるのに」

「死んだあとは霊として漂う場合もある。君のお父さんが君を心配していたら、まだ近くにいるかもしれない。それを呼び出せば、事情を教えてもらうことも可能だろう」

甲斐はそう言うと、あかねを見た。「やってみるか」

「え……」

あかねは戸惑った。父に直接きくことができれば、もっと詳しいこともわかるかもしれない。

「別料金だがな」

甲斐はそっけなくつづける。「それに俺は憑坐《よりまし》ではないから、別の者に来てもらわないとならない。来てもらっても、お父さんが近くにいなければ呼び出せるとは限らない。憑坐を必要としない召喚……呼び出しを可能とするひともいるが、忙しいひとだから、すぐには来てもらえないだろう」

「いろいろとややこしいのね」

ヨリマシってなんだろうとあかねは思ったが、話の流れで、霊を呼び出すことのできる者だと理解した。

「俺たちはこの仕事を命がけでやっているからな。対価はどうしても必要だ。それに、能力はひとによって違う。俺は死霊を呼び出すのは苦手だ」

『だろうな』と、何故かぬいぐるみがしたり顔で言った。『死霊を呼び出せる気ではない、おまえは』

「そんなことわかるの？」

あかねは持ったままのぬいぐるみに視線を落とした。うさぎはいばりくさってふんぞり返る。

『ひとには向き不向きがある。こいつはあやかしを祓《はら》うことはできるだろうが、死霊を呼び出すような術には向かないだろう。それくらい、わかる』

「そのとおりだ」

甲斐は手にしていたしっぽを縁側に置いた。「俺はそういう静の術は苦手だ。だが、動の術にはそれなりに長《た》けている。霊的存在と対話をするのは静の術だ」

『おまえのような術使いが、わけのあるあやかしの言葉も聞かず、封じ込めたり追い払ったりするからややこしいことになるんだ』

何故か雷電は責めるような口ぶりで言った。甲斐は何か言いたげな顔をしたが、口を開かなかった。

「わけのあるあやかし……」

『あやかしとなった者にも、それなりに事情がある。それに耳を傾ければ、無駄な諍《いさか》いもなくおさまることだってある。だが、ひとに害を及ぼすからと、一方的に力でねじ伏せる術使いは、往々にして自分たちが騒ぎを大きくしていること気づかない』

「だが、人間の領域に入ってこちらに害を及ぼす者は、祓わないとならない」

甲斐はどことなく言いわけめいたことを口にした。「それが俺のつとめだ……」

『人間の領域、か』

雷電は鼻でわらった。『その傲慢《ごうまん》さが、際限なく増えた人間だけを守るというわけか。生きているのは人間だけではないというのにな。──我々も昔は生きていた。我々の領域を侵したのは人間のほうだ』

ふいにぬいぐるみは震えると、動きを止めた。次いで、とぐろを巻いたしろいへびがぬいぐるみの頭上に現れる。

『おまえたちの領域とやらを侵したものが来るぞ』

しろいへびが、にい、とわらったように見えた。

風が強くなり、近くで犬の吠《ほ》える声がする。隣の家の犬だ。

庭木が激しく揺れた。あかねは思わず立ち上がる。

庭の、蔵とは逆の片隅にある桜の木の上に、何かいた。

「あれは……」

明るい毛色の動物が、太い枝の上からこちらを見ている。きつねだ。甲斐が素早く立ち上がった。

同時にきつねが跳び、庭に降り立つ。

『かえせ』

きつねが口をひらくと、声がした。思わずあかねは、廊下に置かれたしっぽを握りしめる。

「これのこと？」

きつねと対峙《たいじ》した甲斐の後ろから尋ねると、きつねはその長い口をぱっくりとあけて、吠えた。

『それは我が身のかけら』

「これを返せば、いいの？」

あかねはそっと、しっぽを差し出した。次の瞬間、きつねが跳んでくる。目をつむりそうになったが、こらえてそのさまをじっと見た。

「あかね！」

恵が叫ぶのが後ろから聞こえた。

きつねは大きな口をあけてあかねの手にしたしっぽを咥《くわ》えると、すぐに後ろに跳び退《すさ》った。

「でも、そこにいたひとたちはみんなおうちに返したわよ」

甲斐が少し後ろに下がって、あかねの前に立ちはだかるようにする。その陰からあかねは、じっときつねを見た。

きつねはしっぽを地面に置くと、自分の尻《しり》をのせた。次に尻を上げると、尻から生えるしっぽは二本になっていた。

「君は下がっているんだ」

甲斐があかねをさらに後ろに押しやろうとする。だがあかねはかまわず、その手にうさぎのぬいぐるみを押しつけて前に出た。

「ねえ、どうしてひとの魂を抜いたりしたの」

あかねが前に出ると、きつねは後ろに下がった。きつねは、あかねが怯《おび》えないので戸惑っているようだ。

『どうして……』

「何か、理由があるんでしょう?」

『……さびしかったから』

そう言うときつねは天にその鼻面を突き出すようにして鳴いた。

きつねの鳴き声を、あかねは初めて聞いた。

胸を食い破るような、淋《さび》しげな鳴き声だった。

「さびしいの……？」

あかねはさらにきつねに近づく。

ざっ、と音がして、甲斐があかねの横をすり抜けようとする。あかねは思わずその袖《そで》を摑《つか》んだ。

「何をするんだ！　離せ！」

甲斐はうさぎのぬいぐるみを託されたのとは別の手に、何か紙を持っている。恵の手当てにも使っていた、呪符《じゅふ》だ。

「やめてください！　わたしが話してるの！　まだその子、今は何もしてないいてじゃない！」

あかねの剣幕に、甲斐はたじろいだようだ。

あかねはそんな甲斐をさしおいて、さっさときつねに近づく。あと数歩というところで、きつねが牙《きば》を剝《む》いて唸《うな》った。

「ねえ、さびしいのは、ひとりだから？」

あかねが問うと、きつねはハッとしたような顔をした。少なくともあかねにはそう見えた。

「だったら、うちに来ない？」

『また、閉じ込める気か』

きつねが唸った。あやかし箱のことだろう。やはりあやかしたちは、意に反してあの箱に閉じ込められていたようだ。

「わたしにはそういうことはできないから」

あかねはおそるおそる手を差し出した。

噛《か》みつかれるかもしれない。そう思ったが、そのときはそのときだとも考えた。痛い思いをしても、それは一瞬のような気がした。

差し出した手で、そっときつねの背に触れる。びくり、と手の下で毛皮が波打った。だがきつねはそれ以上、動こうとはしない。

撫《な》でさするうちに、手の下で強《こわ》ばっていた筋肉がやわらかくなっていくのがわかる。

「ね、うちにおいでよ……」

あかねはそっと近づくと、きつねを横抱きにした。一瞬、きつねは暴れそうになったが、何故かだらりと力をぬいて、あかねにもたれかかる。

「うちね、お兄ちゃんが五人もいるの。だから、さびしくないよ」

あかねは顎《あご》の下できつねの頭を撫でるようにした。「いやなら、無理にとは言わないけど……」

ふいに、きつねの体が白く光り出す。そのまぶしさに、あかねは目を閉じた。

どこかに放り出されたように体が浮いた。

＊

白い雪原だ。雪の上に血が散っている。その血を目で追うと、すぐ近くにきつねが横たわっていた。

一匹は成獣で、もう一匹はまだ仔狐《こぎつね》だった。

その傍に、毛皮を纏《まと》った背の高い男が立っていた。男は長い銃のようなものを背負っている。

(生きたまま、捕らえたかったのだがな)

男は呟《つぶや》くと、きつねの屍体《したい》の傍に膝《ひざ》をついた。(仕方あるまい)

そう言うと、成獣の頭を摑んで何かを唱えた。屍体がみるみるうちに縮んでいく。手におさまるほどの大きさになると、仔狐のほうにも同じようにした。

縮んだものを、男は取り出した竹の筒に押し込んだ。

(妖狐《ようこ》の親子はめずらしい。存分に働いてもらうぞ)

あかねは叫ぼうとしたが、声が出なかった。

次の瞬間、ぬるい風が吹きつけるのを感じてはっと目をあける。あけた目から、涙がこぼれ落ちた。

＊

「おい！」

肩を摑まれて振り仰ぐと、甲斐が覗《のぞ》き込んでいた。あかねが泣いているのに気づいて、甲斐はびくっと手を離す。

「この子にひどいことしないで」

あかねは涙声で訴える。「ねえ、お願い」

「……わかった」

甲斐は困ったように、それでもうなずいた。「今はとにかくその子を中に入れよう。雨が降ってきている」

空を見上げると、さきほどまで夕暮れになりかけていた空が、暗い雲に覆われていた。生ぬるい風が雨のにおいを運んでくる。

あかねは腕の中に目を戻して、あっと声をあげる。

さきほどまで抱きしめていたきつねではなく、腕の中にはぐったりとした子どもがいた。

「ただいま！」

玄関から、勇気の声がした。

甲斐が子どもを抱き上げて家の中に入れると同時に、すさまじい雨が降り出した。遠くで雷が鳴っている。

恵の部屋で子どもを布団に入れていると、藍音と若葉が帰ってきた。藍音が傘を持っていたので助かったと若葉は言った。

「この子があのきつねかよ」

勇気はきつねを見ているので、布団に寝かせた男の子を見て驚いている。

「わかちゃん、早かったのね」

「それが、病院に行ったら、志村の兄ちゃん、持ち直してて……お医者さんも驚いてたす。志村が兄ちゃんにつきっきりで離れないから、俺は食べるものだけ置いて、さっさと退散してきたんすよ」

若葉は安心したように笑った。「ところでその子が、うちから逃げていったあやかしなんすか？」

恵の部屋は、百太郎以外の全員が集まっていた。さらに少年を寝かせるために布団を敷いているので狭い。少年の枕もとにあかねが座り、その隣が恵で、甲斐は足もと、ほかの兄たちも布団の周りに座って、勇気だけが雨戸をしめた廊下にはみ出している。

「そうだ。本来ならば封じなければならない」

甲斐が重々しく言った。その手にはまだ、呪符がある。

「って言ったって、こんなちっちぇ子を？」と、勇気が顔をしかめた。「それって、弱い者いじめじゃねえの」

勇気はわがまま勝手なところがあるが、弱い者いじめだけはしない。その言葉に、甲斐が眉《まゆ》を寄せる。

「弱い者いじめだと……」

「だってそうだろ。こいつガキじゃん」

「これは仮の姿だろう。本性はあやかしだ」

「ねえ、この子、うちにいてもらったらいいと思ったの。もともとうちにいたんだし」

あかねは兄たちに訴えた。「いいよね、ゆうちゃん」

この中でいちばん年上の勇気に向かって言うと、たちまち彼はへどもどした。

「な、なんで俺に？」

「ももちゃんがいないから」

「だったら兄さんが帰ってきてから頼んだほうがいい」

恵が言うと、勇気はこくこくとうなずいた。

「あ、ああ、そのほうがいいぜ。俺が何か決めても、兄ちゃんがだめって言ったらだめだからな」

「じゃあ、ももちゃんがどう言うかわかんないけど、みんなはどうなの？　この子がいてもいいの？　めぐちゃんは？　わかちゃんもあいちゃんも」

あかねは必死になった。

さきほどみえた、あの情景。あれは、きつねがあやかしになった瞬間だったのだろう。母とともに殺され、人間に使われるためにあやかしにされた。あかねはそのように考えた。だとしたら、きつねがひとの魂を抜いたのも、突き詰めれば自分たち人間のせいなのだ。そう考えると、きつねをこのまま封じ込めてしまうことは、あかねには耐えがたかった。

兄たちは困ったように顔を見合わせている。

この九十九《つくも》家の決定権は長男の百太郎にある。だが、百太郎以外の兄たちが自分に賛同してくれれば、百太郎が反対しても数で勝てるかもしれないとあかねは考えていた。そういうことは今までにもなくはなかったのだ。

あかねは横たわる少年をじっと見つめた。

「この子、お母さんと一緒に殺されたのよ。さっき、みえたの」

あかねの言葉に、甲斐がハッとしたような顔をした。

「さっきって」

「この子が光ったとき」

「君は、……過去をみたのか」

あかねはうなずいた。

「たぶん。──それで、人間にあやかしにされたみたい。働いてもらうって言ってた」

「そういう事情があるなら、気の毒すね」

若葉が呟く。「俺は、あかねがそうしたいなら、別にいいすよ。食べるもので何か好き嫌いがなきゃいいすけど」

「ありがとうわかかちゃん！」

「おい、若葉」と、勇気が苦い顔をする。

「僕もかまいませんよ」

藍音が澄まし顔で口を開く。「ただ、世話はあかねがちゃんとしてくださいね。それと、僕たちの着ていたものって、まだ少し残ってますよね。おさがりでいいなら着替えもあるし」

「俺もいいぞ」

恵が重々しく告げた。「ただし、家の中のことを何かやってもらうほうがいいな。ただで置いてやれるほど、うちは余裕がない」

「おい、恵まで……」

勇気は焦ったような顔をした。

あかねは、横たわる少年から、次兄に視線を移した。

「ゆうちゃん」

「……なんだよ」

「ゆうちゃんがうんって言ってくれたら、みんなもこう言ってるし、ももちゃんも反対しないと思うの」

「脅すなよ」

勇気は頭を掻《か》いた。「そりゃ、俺だって気の毒だとは思うが……そいつ、わるさをしたんだぜ」

「めずらしくまともなことを言っているな」

恵がぼそりと呟いた。

「この子がそんなことをしたのは、淋《さび》しかったからだと思うの。さびしくなければ、もうわるいことなんてしないと思うわ」

「そうとは限らない」

甲斐が口を挟んだ。あかねはキッと甲斐を睨《にら》みつける。

「どういう意味ですか」

きつい声になってしまった。甲斐はびっくりしたように目を瞠《みは》る。

「……あやかしは、人間に害を及ぼすからあやかしなんだ」

「そんなこと、このわたしがさせないから」

「君はこいつをなんだと思っているんだ？　今は人間の姿をしているが、もとはきつねだぞ。それがあやかしとなったんだ。ただの人間がどうこうできると、」

『やってみなければわからんだろう』

甲斐が少年を運んだ際、ぬいぐるみは恵に託されていた。そのぬいぐるみがしゃべったのだ。

「雷電さん、いいこと言うわね！」

あかねは、恵の手に握られた雷電を見た。「そうよ、やってみなくちゃわからないでしょう」

「やってみて、君たちに害が及んでも、俺にできることは少ないぞ。君たちが自らこの家に引き入れているんだからな」

「甲斐さんの助けはあてにしません」

あかねがきっぱり言うと、廊下にはみ出た勇気がニヤニヤした。

「あかねは言い出したら聞かねえからなあ」

甲斐がそれをじろりと睨《ね》めつける。

「貴様……妹がどうなってもいいのか」

「何それ脅し？　そんなの許すはずねえだろ。あかねには何もないように、俺たちが守るぜ」

勇気は気色ばんだ。廊下の勇気と、出入り口に近い甲斐が睨み合う。

「守ると言うが、何ができるというんだ。多少の霊感があっても、あやかしに対峙《たいじ》する力などないだろう」

「ただいまー」

一触即発の空気の中、玄関扉のあく音がして、のんびりした声が聞こえた。百太郎だ。

「おなかすいちゃったよ。今日は……あれ」

廊下を行く途中で、開け放したままの襖《ふすま》に気づいたらしい。覗《のぞ》き込んだ百太郎が、きょとんと部屋を見まわす。

「どうしたの、みんなそろって……」

そこで百太郎は横たわっている少年に気づいて言葉を途切れさせた。

「ももちゃん、お帰り！　あのね、この子、うちに置いてくれない?!」

振り返った甲斐が何か言うより先に、あかねは叫んだ。「この子、うちのあやかし箱にいた子なのよ！」

「……びっくりした。誘拐でもしてきたかと思ったよ」

「なんでそんなことすると思うんですか」

百太郎の反応に、藍音が呆《あき》れたように呟《つぶや》く。

百太郎はいつもの通勤用の鞄《かばん》を廊下に置くと、部屋に入ってきた。恵が少しずれて、あかねの隣に百太郎が座る。

「この子が、あやかしなの？　どう見ても人間だけど」

「あやかしの中でも力ある者は、人間を油断させるために人間の姿をとることがあります」

甲斐が説明した。「これはきつねですが、人間の姿になるということは、つまり、力が強い者。だから家に置くなんてとんでもないと、俺は言っていたところです」

「でもみんなはいいって言ってくれたの！」

あかねは長兄に取りすがった。「ねえ、だめ？」

「……ええと」

百太郎は困ったように笑った。「まず、本人に訊《き》いてみたらどうかな」

思いがけない言葉に、あかねはきょとんとする。百太郎はそれを見て、ふふ、と息をついた。

「あかねはそう言うけど、本人がいやだったら無理でしょう」

「そう……そうね。きいてみる」

あかねはそっと少年の肩に手をかけた。「ねえ……起きて」

ふれた肩は布地の上からでもわかるほどやせ細っていた。痛々しさに、あかねは顔を歪《ゆが》ませる。胸が締めつけられるほど、悲しかった。

さらに数度揺すると、少年はゆっくりと目をさました。

「ねえ、」

あかねが呼びかけると、びくっと体を震わせる。手を引くと、彼は体を動かして起き上がった。部屋の中を見まわすと、怯《おび》えたような表情を浮かべる。

「あのね、……あんた、うちに来ない？」

どう言えばいいかわからなかったが、とにかくだいじなことだけを告げると、少年はぽかんとしてあかねを見た。

「うち？」

少し高い、声変わり前の声で彼は呟く。

「このうちに」

「どうして？」

不思議そうに、少年はあかねを見た。

「だって、さびしいんでしょ？」

「……また、おれにいろいろさせるなら、いやだ」

ぎこちなく言いながら、少年は顔を歪ませた。泣きそうな顔であかねを睨みつけている。

「いろいろって……」

あかねはびっくりした。いったいこの子は何をさせられてきたんだろうか。

「だれかにかみつかせたり、かわいそうなやつをくいころせっていわれた」

「式神として使われていたのか」

甲斐が問う。びくりとして少年は、あかねから甲斐に視線を向けた。

「そう、よばれてた」

「あまりたちのよくない術者に使役されていたんだな」

甲斐は溜息《ためいき》をついた。「それは、すまなかった。俺も術者だ。だが、そんなことはさせない」

「あんたがまたおれをしえきするの」

「しない」

「だったらおれはどうしたらいいんだ？」

少年は少し困ったような顔をした。甲斐は苦笑して、あかねを見る。

「そこのお嬢さんが、おまえをこの家に置きたいと言っている。訊くなら彼女に訊け」

甲斐の言葉に従うように、少年はおそるおそるあかねを見た。

「あんたはおれをどうするんだ」

問われてあかねは少し困った。だがすぐに思いつく。

「あんたはどうしたいの？」

反問すると、少年は目を瞠った。

「……どうしたい？　そんなこと、きかれたことない」

「わたしはあんたが、さびしいって言ったから、さびしくなくしたい。うちにいれば、さびしくないよ。わたしも、お兄ちゃんたちもいるから。……うちにいればいいよ」

「この、うちに？　いて、なにをすればいいんだ」

「何も……ああ、めぐちゃん、さっきなんて言ってたっけ」

「家の手伝い、……草むしりでもしてもらえばいいだろう」と、恵が答える。「ほかにも何か家事を手伝ってもらえればいいんじゃないか」

「ってことなんだけど、どうかしら」

少年はきょとんとしてあかねを見ている。

「……それいがいは、なにをすれば」

「なにも」

あかねは首を振った。それからちょっと笑う。

「ひなたぼっこしたり、ごはん食べたり、寝たりすればいいよ。お昼はわたしは学校行くけど、あんたはうちでお留守番しててくれればいいわ」

「留守番、いいねえ。昼間は誰もいなくなるからなあ」

百太郎がうんうんとうなずく。

「いいの？」

あかねはぱっと長兄を振り向いた。百太郎は苦笑している。

「わるいことしなければいいよ」

「したくない」

少年は首を振った。「しろといわれてしていただけだ」

「だったらどうして、ひとから魂を抜いたんだ」

甲斐が少し厳しい声で問う。少年はうなだれた。

「……かあちゃんだとおもったんだ」

少年の声が震えている。「かあちゃんのこと、おれ、ずっとさがしてたんだ。いっしょにつかまったのに、べつべつにされて」

「だから成熟した女性ばかりが被害に遭ってたのか」

勇気が感心したように呟く。

「ねえ甲斐さん、この子のお母さんを探すことはできないの？」

「……まったく、無茶を言う」

甲斐はまた、溜息をついた。「できなくはないだろうが、俺には無理だ。だいたいどこを探せばいいんだ」

「甲斐さんが言ったんでしょう。思い残しがあるからあやかしになるって。この子はさびしいからあやかしなのよ。だったら、ほんとうに淋《さび》しくなくしてあげたら……少なくとも、今回みたいにひとの魂をとったりはしなくなるでしょう？」

あかねの言葉に、甲斐は少し目を瞠った。複雑な表情がその秀麗な顔に浮かぶ。彼が何を考えているのか、あかねにはわからなかった。

「君はそう言うが……」

言いよどんだ甲斐は、それきり口をつぐんでしまった。何か言いたげな顔をしてあかねを見るばかりだ。

あかねは少年に視線を戻した。

「お母さんがいなくて淋しかったの？」

そう問いながら、あかねはつんと鼻の奥が痛くなるのを感じた。「だったら……わたしがお母さんの代わりになれないかな」

「おれのかあちゃんは、あんたみたいにわかくてびじんじゃない」

少年は戸惑った顔をした。褒められているのだろうか。あかねは少し驚いた。

「美人すか」と、若葉が呟く。「あかねはどっちかっていうと可愛いんだと思うんすが……」

「大人になって化粧を覚えたらもっときれいになる」

何故か恵が断言する。兄たちののうてんきな言葉をあかねは無視した。

「でも、この家には女の子はわたししかいないし」

「……あんたのかあちゃんはいないのか」

「わたしのお母さんは死んじゃった。もうずっと前に」

言葉にすると、あっという間に目頭が熱くなった。涙がこぼれ落ちるのを、あかねは止められなかった。

母が亡くなった当時、あかねは何が起きたかさっぱりわかっていなかった。棺《ひつぎ》の中の母は、しずかに眠っているように見えた。火葬場で見た骨に、初めて母がいなくなったことを思い知らされて、藍音と一緒に百太郎にしがみついて泣いた。泣いて泣きつかれて眠り、いつの間にか帰宅していたが、母がどこにもいないとは俄《にわか》には信じられず、家じゅうを探し回った。母が死んでもう二度と会えないのだと言い聞かされても、納得できなかった。外に探しに行こうと藍音を誘ったが、ひとつ上の兄はあかねより賢くのみ込みが早く、出かけているなら絶対にいつか帰ってくるから待っていたほうがいいと諭された。

ほんとうに会えないのだと理解して諦《あきら》めたのはいつだっただろう。兄たちがいたおかげであかねは母のいないさびしさに耐えられたのだ。あのころから、恵があかねのことを強く気にかけてくれるようになったのだとあかねは思い出した。そうすることで、恵も母のいないさびしさを紛らわせていたのかもしれない。

「お母さんがいなくなって、わたしもずっと探してたわ。でも、死んじゃったの……もう二度と会えないの」

自分の声がみっともないほど震えているのをあかねは知った。いつもなら母のことを思い出してもこんなふうにならない。きっと、この少年に同情しているせいだろう。

「なかないで」

少年は膝立《ひざだ》ちになると、あかねに近づいた。そっとちいさな手が伸ばされる。頬に触れられ、あかねは顔を上げた。

「ないたら、あんたのかあちゃんもかなしいよ」

「そうね……」

あかねは思わず腕を伸ばして、少年の体を抱き取った。やせ細った体を抱きしめると、それがあっという間に縮んでいく。

気づくと、あかねが抱きしめているのはひどくちいさな仔狐《こぎつね》になっていた。仔猫ほどの大きさだ。

「その姿になってくれるならありがたいな。男の子のままだと、まるで僕の隠し子がどこかから出てきたみたいだからさ」

百太郎がのんきなことを言う。

「じゃあももちゃん、この子、うちに来ていいの？」

あかねはハッとして兄を見る。

「いいも何も、もともとうちのあやかし箱に入ってたんだよね。うちにいるなら前と同じじゃないか」

百太郎はにこにこした。「この子はうちの子だよ」

あかねはうれしくなって、甲斐を見た。

「ねえ、甲斐さん」

うつむいている甲斐に呼びかけると、彼はのろのろと顔を上げる。そこで、何故うつむいていたかわかった。

甲斐の淡い色の瞳《ひとみ》がひどく潤んで、赤らんでいる。

「なんだ」

答える声もどこか滲《にじ》んでいるようで、さすがにあかねはぎょっとした。

「その……泣いてるの」

「ああ」

驚いたことに、甲斐はうなずきながら、指で目もとをぬぐった。

「どうして……」

「涙腺《るいせん》が弱いんだ、俺は」

甲斐はどこか怒ったように答えた。「それで、なんだ」

「この子、うちにいることになったから」

あかねはもふもふの毛皮を撫《な》でさすりながら告げた。

「お兄さんの言ったとおりだ……もともといたのなら、今後もいてもいいだろう」

「封じたりとか、しないよね？」

「する必要があればするが、そいつはもう、人間に害を及ぼすことはない」

甲斐は言い切った。

「一段落したなら、ごはんにしようよ。おなかぺこぺこだ」

百太郎の一声で、その場は幕となった。


仔狐は特に何も食べるものを必要としないようだった。夕飯のあいだ、あかねの膝の上でまるくなっていた。いつもの日常に仔狐は、しゃべるうさぎのぬいぐるみより自然に溶け込んでいた。

食事やら風呂《ふろ》やら明日の準備やらのもろもろを済ませて寝る段になってベッドに入ったとき、あかねはようやく気づいた。

「ねえ、なんて呼べばいいの？」

仔狐のときに話しかけて答えられるのだろうか。そう思いつつ、ベッドに入りながら問うと、枕もとで丸くなっていた仔狐が顔を上げた。

『俺の名は風牙《ふうが》という』

少年のときとは違った、大人の声が答える。ふうが、という名の文字までちゃんとあかねに伝わってきたが、それは耳に聞こえた声ではなかった。あかねはそれに気づいて目を丸くした。

「風牙……かっこいい名前ね」

『母がそう呼んだ』

仔狐はつぶらな瞳であかねを見上げた。可愛らしい外見なのに、少年のときと口調が異なっていることにあかねは戸惑う。

「ふうちゃんって呼んでいい？」

『好きなように呼ぶといい』

頭に直接響くように聞こえる声は、どこかおかしみを湛《たた》えていた。

「そういえば、まだ名乗ってなかったわ。わたしはあかねよ。お兄ちゃんたちは、上から順に、百太郎、勇気、恵、若葉、藍音っていうの」

『心得た』

仔狐がうなずかなければ、誰がしゃべっているのだろうと不思議になるくらい、その答えは重々しかった。少年の姿のときと、あまりにも受け答えが違う。

「ふうちゃんはその格好のときのほうが大人みたい。仔狐なのに」

『俺は子どもではないぞ。あの姿は、母を慕う気持ちがたまたまあの型にはまってしまっただけのこと。そして今のこの姿は殺されたときから時間が止まっているだけだ』

「そうなの?!」

あかねはびっくりした。さきほど風呂に入るときは仔狐を部屋に置いていったが、目の前で服を脱がなくてよかったと心底思った。きつねとかあやかしをぬきにしても、子どもならいいが大人ならちょっと問題がある気がしたのだ。

『そう焦ることはない。俺はおまえには従う。おまえのいやがることはしない』

「どうして？」

『おまえがここにいろと言った。俺はそれを承諾した。だからおまえは俺の主《あるじ》だ』

「えっ」

びっくりして、あかねはまじまじと仔狐を見た。

『今さらそんなに驚くことはあるまい。それが俺たち、あやかしの契約だ』

「そうなんだ……」

あかねはただ目を瞬かせる。

『詳しく知りたければあの術使いに訊《き》くといい』

「あの術使いって、甲斐さん？」

『きつね色の髪の男だ。あの男は、おまえたちと違って我々のことに詳しいだろう』

「そうする」

あかねはベッドに横になった。枕もとからきつねのしっぽが二本垂れ下がって頬にあたり、くすぐったい。

「ごめんね」

ふと思い出してあかねは謝った。「しっぽ、引っこ抜いて」

『気にするな』

言葉はそっけなかったが、調子はむしろやさしかった。

「痛くない？」

『少し痛むが、平気だ』

あかねはふと手を伸ばして、きつねの尻《しり》に触った。なだらかな丸みを撫でながら囁《ささや》く。

「いたいのいたいの、とんでけ〜」

すると、風牙が笑った気配がした。声も何もないのに、ただ、わかったのだ。

「昔、お母さんがこうしてくれたの」

『おまえが情け深い子どもなのは、母親のおかげか』

情け深い、という表現にあかねは戸惑った。意味がよくわからなかったのだ。

「……早くなくなるといいね」

訊き返すのはなんとなく物知らずをさらすようで恥ずかしかったので、あかねはそう告げると、部屋の電灯から垂れ下がる紐《ひも》に手を伸ばして、灯《あか》りを消した。

闇の中、もふもふと頬を撫でるしっぽを感じながら目を閉じる。眠りに落ちる直前のふわふわした空気の中、ほかのあやかしたちにも早く会ってみたいな、あかねはぼんやりと考えた。


勇気が百太郎の部屋に行くと、前と同じでほかの全員が集まっていた。それに加えて今回は甲斐もいる。

「相変わらず、最後に来るんですね」

藍音が呆《あき》れたように言った。といっても、示し合わせて集まっているのではなく、勇気が心配があって兄の部屋を尋ねると弟たちも集まっているだけである。

「真打は最後だろ」

『自分が真打とは片腹痛い』

いやみな発言は藍音ではなくうさぎのぬいぐるみから発せられたものだった。

「で、みんな集まってるってことは、やっぱり心配なんだろ、あかねのこと」

「あかねというか、あのきつねだね」と、百太郎が言った。

全員で円座になっているが、今回は甲斐がいるのでその円が少し歪《ゆが》んでいる。座る場所がほかになかったので、勇気は仕方なく甲斐の隣に腰を下ろした。

「甲斐くんはどう思う？」

「……あのきつね、殺されて式神にされたのは、そこの雷電が言う通り、妖狐だったからでしょう。つまり、最初からある程度の霊的な力を持っていたのだと思います」

百太郎に問われ、甲斐は用心深く答えた。

「妹の傍に置いておいて、だいじょうぶなんだろうか」

「俺は判断しかねますが……」

「素人じゃない専門家でもわかんないことがあるのか」

へえ、と勇気が横目で見ると、甲斐はじろりと睨《にら》み返してきた。

「つづきがある。黙って聞け」

甲斐はしずかに言うと、語り始めた。「ただ、妹さんは、常人ではないようです」

「だろうね」

百太郎がうなずく。これには勇気も驚いた。

「あやかしに狙われてるって時点でふつうじゃないだろうし」

「狙われる理由は、」

『あいつは巫覡《ふげき》だ』

甲斐を遮って、恵が持っていたうさぎのぬいぐるみが口を開いた。『あの気は、巫覡の気だ』

「ふげきってなんすか？」

甲斐の隣に座っていた若葉が問う。

「端的にいえば巫女《みこ》だ」

甲斐は、軽くしわぶいた。「清浄な気を無尽蔵に振りまいていることが多い。あやかしにとっては格好の餌だ」

「餌って、食べられちゃうってことですか」

藍音がさすがに剣呑《けんのん》な顔をした。

「たべるといっても、気だ」と、甲斐はつづける。「ひとの気を喰《く》うあやかしもいる。喰われたほうはほんのわずかでも寿命が縮むが、あかねさんはそうではないようです」

甲斐は百太郎を見た。百太郎はそれにうなずきかける。

「つまりそれは、巫覡だからってことだね」

「だと思われます。……あやかしが同じ人間の気を喰いつづければ、その人間は早く死ぬ。だけどあかねさんは巫覡で、喰われても無尽蔵に湧き出てくると推測します」

「推測します、ねえ……」

勇気は首をひねった。甲斐のことはいやなやつだと思うが、それを差っ引いても言うことが曖昧《あいまい》すぎて信用に足らない気がした。この際、気だのなんだのと胡散臭《うさんくさ》いことは横に置いておくとしても、だ。

「断言はできん。あやかしが絡むと何が起きるかわかりはしないからな」

「僕としては、あのきつねはあかねのいいボディガードになるから傍に置いてもいいと思うんだけど、どうかな」

百太郎の言葉に、甲斐が目を瞬かせた。百太郎はそれに笑いかける。

「あかねになついてるからね。──君もだけど」

そう言って百太郎は、恵の手の中にいるうさぎのぬいぐるみを見た。

『なついているとは失敬な』

「だって僕が訊いても答えてくれないようなことを、あかねには話してるみたいじゃないか。恵が教えてくれたよ」

『気を喰わせてもらっている礼だ』

ふん、とうさぎはそっぽを向く。『あの気はじつに旨《うま》い』

「……ボディガードですか」

ふむ、と甲斐が考え込む。「手紙にもありましたね、あやかし箱のあやかしが手伝ってくれると。協力を得られると確信したからあのように書いたのかもしれない。それは、あかねさん自身の性分というか性質というか、生まれつき持つもののおかげ、つまり巫覡だから……と、推測できるわけですが」

「あやかし箱のあやかしが手伝ってくれる、って漠然としてるけど、あかねがあやかしにもてる体質だってんなら話は簡単だよな」

勇気はそうまとめた。

「あやかしにもてる、か……あやかしといっても、一概にわるいとは決めつけられないのはわかっていたが……」

「だけどおまえはそいつらを追っ払うのが仕事なんだろ」

「わるさをしたあやかしを、だ」

勇気が言うと、甲斐はムッとしたようだった。「結局は俺も人間の都合で動いているだけなのは承知している」

勇気は目を丸くした。それは次に言おうと思っていたことだったのだ。

「もちろん本人が受けてくれるならだけど、しばらくあのきつねにはあかねの傍にいてもらったほうがいいね。何が起きるかわからないし、僕たちではあかねを狙うあやかしに対抗しきれないだろうし……甲斐くんの協力があったとしても」

「あかねさんの保護者のお兄さんが決められたなら、俺に止める権利はありません」

甲斐は真顔で言った。「それに、おっしゃるとおりです。お兄さんたちがいても、あかねさんを狙うあやかしをどうこうできるはずもない。俺ひとりだけでもなんとかできるかはわからない。ほかに誰か応援を呼ぶことも視野に入れたいと思いますが……」

「相応の対価が要る？」

「そうです」

甲斐はこくりとうなずいた。

「じゃあ、あのきつねには、留守番ではなくて、あかねのボディガードをしてもらおう。しばらくは様子見だけど、ね」

「そのあいだに、何か対策を講じることができればいいかと思います」

「そうだね。それが最善策のようだ」

百太郎が決めてしまえば、あとの四人に何も言えるはずもなかった。

「それと、あまり干渉しすぎないほうがいいとわかった」

恵がぼそりと口を開く。え、と百太郎が眉《まゆ》を上げた。

「恵がそんなこと言うなんて驚きだね」

「……俺がどこまでもついてまわって尻ぬぐいをしていたら、あいつは何もできないだろうと気づいたんだ」

「今さら？」

「いや、気づいてはいたが、やっと認められた」

ふ、と恵は溜息《ためいき》をついた。「あんなふうに、……さびしい相手にやさしくできるとはな」

感慨深そうな弟があかねを誰よりも親身に守っていたことは勇気も知っている。その彼が、あかねが成長しつつあることを認めていることに、勇気は気づいた。

「俺たちは男だし、兄だから、確実にあいつより早く死ぬ。……あいつがいつまでも俺たちを必要としてくれたらうれしいが、遺《のこ》していくことになったらと思うと、俺たちにできるのは、あいつが自立できるように見守ることだろうと、思った」

「自立すか……」

若葉がさびしげに呟《つぶや》いた。

「それでも僕たちがあかねの兄であることは変わらないさ」

明るく、百太郎は言った。

【其の肆】

翌日から、あかねは風牙《ふうが》を連れて学校に行くようになった。連れて、といっても、通学鞄《かばん》にぶら下げてだ。二本のしっぽで巻きつけている少し大きめのぬいぐるみに見えなくもない。比べてみると雷電《らいでん》の入っているうさぎのぬいぐるみと大きさに差はなかった。

百太郎《ももたろう》は留守番と言っていたが、風牙があかねから離れたがらなかったのと、だったらボディガードをしてもらったほうがいい、と恵《めぐみ》が提案したからである。

一週間ほど経って梅雨もあけると、そんな生活にも慣れた。風牙は朝になるとあかねの鞄の把手《とって》に二本のしっぽで巻きついて、帰宅するとそこからぽろりとはずれてあかねの肩に乗る。鞄につけるアクセサリとしては大きいほうだったが、あかねの中学はそのあたりの校則はゆるくで、もっとたくさんつけている生徒もいたので特に目立つこともなかった。

夕方から夏祭りという日の午後、あかねが由紀子《ゆきこ》とわかれて道を曲がり、住宅街に入るあたりにひとりの男が立っていた。

黒尽《づく》めの長身の男は、あかねを見て少し笑った。

「こんにちは」

ふいに挨拶《あいさつ》されて、あかねは戸惑って男を見上げた。まったく知らない顔だ。兄たちとは違った男前で、彫りの深いしっかりした顔立ちである。百太郎と同じくらいの歳に見えた。黒尽めのせいか、カラスのようだなとあかねは思った。

「こんにちは」

へんなひとだろうか。少しあかねは警戒したが、男はさらに口を開いた。

「それ、連れてていいの？」

男は笑顔のまま、あかねの鞄を指した。あかねはきょとんとして鞄を見た。

「これ……？」

二本のしっぽで鞄の把手に巻きついているきつねに、あかねは触れた。風牙は外であかねが触れても、ただのぬいぐるみのようにじっとしている。そっとひっぱると二本のしっぽが外れて、風牙はあかねの手におさまった。

「それ、妖狐《ようこ》だよね」

あかねは目を瞠《みは》って、じっと男を見つめた。

男は困ったように苦笑する。

「君はちょっと変わった子みたいだからだいじょうぶそうだけど……」

「変わった子って、どういう意味ですか」

あかねは警戒を強めつつ尋ねた。数歩先の男が手を伸ばしてきたら逃げ切れるだろうか。そんなことを考えてしまうが、男は風牙を取り上げるつもりはないようだった。

「君の気は、あやかしが好む風合いをしてる。しかも、あやかしがいくら喰《た》べても減らないみたいだけど、そういう子は、あやかしに好かれちゃうよ。今までよく無事だったね」

「お兄ちゃんたちが守ってくれてたから」

あかねは即答した。

「そうみたいだね」と、男はうなずく。「でも、それと一緒にいると、いろいろなことが起きると思うけど……」

「一緒にいたら、だめなんですか」

もしかして、この男は甲斐《かい》と同じようなことをしているのだろうか。

「だめじゃないけど」

男は少し困ったような顔をして頭を掻《か》いた。

「この子がお母さんがいなくなっちゃって、淋《さび》しいっていうから……一緒にいるの」

お母さんの代わりになりたいの、とはあかねは言えなかった。

雷電が言うように、自分が小娘なのは、身に染みてわかっていた。それで母親の代わりなど務まるはずもない。

「いなくなっちゃったというか、お母さんはもうどこにもいないんじゃないかなあ」

男はしずかに呟いた。「そんな感じがする」

あかねは目を瞬《しばたた》かせた。

「だったら、わたし、見つかるまで捜すわ」

怒りに似た熱が胸の中にこみ上げてきて、あかねは思わず口走った。

確かに自分は小娘で、無力で、何もできない。

だが、ずっとそのままでいるはずはないのだ。

「今は無理でも……いつか捜し出してみせるわ」

男はゆっくりと瞬いて、じっとあかねを見た。

「そうだね。……君にならできるかもしれないね」

男はそう言うと歩き出し、あかねの横を通り過ぎていった。一瞬、目がくらんだような錯覚をおぼえ、気が遠のく。

しばらくして我に返ったあかねは、振り向いた。男は角を曲がって表通りに去った。

「あのひと……まぶしかったわ」

あかねの警戒心は消え失せていた。じっとしている風牙を手にしたまま、男が去ったほうを見つめる。カラスのように黒かったのに、彼が通り過ぎたとき、ひどくまぶしさを感じたのだ。

『あれは術使いだ』

ふいに、風牙の声が頭に響いた。

「術使いって、甲斐さんと同じってこと？」

『同じどころか、もっと強いな。……ぞっとするほど強い』

風牙はあかねの手の中で身じろぐと、するりと抜け出して腕を這《は》い上り、肩口にちょこんとおさまった。

『あれほど大きな力を持つ術使いは滅多にいない。俺は動くこともできなかった』

どうやら風牙は、動かなかったのではなく、動けなかったようだ。

「怖かったの？」

『いや……ただ圧倒された』

風牙はそう囁《ささや》くと、あかねの肩口で丸くなった。


夕方までに、一家総出で浴衣《ゆかた》を着た。めずらしく若葉《わかば》が遅くて、着替えるのが最後になった。兄が元気になった志村《しむら》がやっと遊んでくれるようになったそうで、ゲームセンターに寄ってきたらしい。

「はい、これあかねにやるっすよ」

帰ってきた若葉は、恵の部屋に入ってくるなりゲームセンターの袋をあかねに渡した。

「何これ」

「クレーンゲームで取ったんすよ。テトラポッド」

中に入っているのは、若葉の言ったとおり、テトラポッドのぬいぐるみだった。

「こんなのあるんだ！」

あかねは思わず笑ってしまった。手のひらにのる大きさのテトラポッドを、畳に置いて、部屋の隅にいたうさぎのぬいぐるみを近くに置くと、ちょうどいい具合だった。

『なんだこれは』

「正式には消波ブロックっていうらしいすよ」

すでに着替え終わっていた恵に浴衣を着せつけられながら、若葉は答えた。「海辺に行くとたくさんあるす」

『そんなもの、昔はなかったぞ』

「いったいいつの昔だよ」と、勇気《ゆうき》が混ぜっ返す。

勇気はすでに浴衣姿だ。薄い色の地に虎の踊る柄で、得意げに腕を組んでいる。

あかねの浴衣はお願いした通りに黒地に赤い金魚の柄だ。若葉に着せつけている恵は紺の絣《かすり》で、これは父の浴衣を仕立て直したらしい。

『おまえなど生まれるずうっと前だ』

そう、きいきいと喚《わめ》くうさぎのぬいぐるみを、ひょいっと取り上げたのは百太郎である。勤務先の大学は夏期休暇に入っていて、今日は一日、家にいたのだ。浴衣の柄は恵曰《いわ》く、刺繍《ししゅう》柄だそうである。

『何をする』

「君にも浴衣があるって」

そう言うと百太郎は、もう一方の手にしていたちいさな浴衣を手早くうさぎに着せつけた。柄は百太郎とおそろいだった。

『ふん、祭りなどと浮かれおって』

浴衣に包まれたうさぎはきいきい声をあげる。

「いやなら留守番だけど」

『いやとは言っていないだろう』

「行きたいなら素直に行きたいって言えばいいのに」

百太郎は明るく笑うと、自分の浴衣の合わせ目にうさぎのぬいぐるみを押し込んだ。胸もとに可愛らしいうさぎがのぞくのが、滑稽《こっけい》ながらとても似合っているように見えた。

「たまにはこういうのもいいですね」

藍音《あいね》が姿見で自分を見ながら言った。「これはなんという柄ですか？」

「格子縞《こうしじま》だ。若葉のは吉原《よしわら》つなぎ」

「なんか色っぽい名前すね」

浴衣を着終えた若葉が、藍音の後ろから鏡を覗《のぞ》く。

「甲斐さんは？」

「先に祭りの会場に行った。町内会長と話があるらしい」

「じゃあ、あっちで会えるわね」

「どうせだから、あの人にも縫ってやればよかったな」

ふむ、と恵は、あかねを上から下まで見てうなずいた。

「なに？」

「後ろを向け」

言われたとおり、あかねが恵に背を向けると、髪を触られた。あかねは髪を長くしていない。これでものびたほうだ。前はもっと短かった。そろそろ伸ばしたいような気もしているが、手入れが面倒だ、とも思う。

「おまえ、髪を伸ばせ。来年の夏祭りには結ってやる」

「めぐちゃん、髪も結えるの？」

「それまでになんとかできるようになっておく」

振り向くと、恵は神妙な顔をした。

「結うなら俺、できるすよ。お団子結びすると、きっと可愛いす」

若葉が近づいてきた。

「お団子ってバランスむずかしいのに」

「ところで、あいつはどうする」

「あいつ？」

恵に訊《き》かれて、あかねはきょとんとした。

「きつね」

「えっ、浴衣？」

「ああ。むかし俺たちが着ていたものがあったから、仕立て直してみた」

「待って、連れてくる」

あかねは廊下に出ると、階段をゆっくりのぼった。駆け上がろうにも浴衣だとすぐに脚が剝《む》き出しになってしまうからだ。

部屋に戻り、名を呼ぶと、風牙がぴょんと近づいてくる。

『どうした』

「今からお祭り行くの。ふうちゃんも浴衣、着る？」

きつねはきょとんとしていたが、一瞬、ぱっと光った。次の瞬間、その場にあのときの少年が立っている。身に纏《まと》う着物が以前より薄汚れていないのは、風呂《ふろ》で洗ってやったからだろうか。このあたりはどういう理屈なのか、あかねにもよくわからない。

「いっしょにいっていいのか」

「みんなと一緒に行こうよ」

あかねが手を差し出すと、少年はおずおずと手を預けてきた。以前さわったときより細く感じないのは気のせいだろうか。

手を繋《つな》いで部屋を出て階下に降りる。開け放された襖《ふすま》から恵の部屋に入ると、恵が子ども用の浴衣を取り出していた。

手慣れたさまで恵が着物を着替えさせる中、百太郎が戸締まりを始める。二階もすべての雨戸を閉じて、最後に和室の廊下側の雨戸を閉めると、全員で家を出た。玄関の鍵《かぎ》は百太郎が持つ。

兄妹《きょうだい》とあやかしたちは、夕暮れの中、祭りに向かった。


商店街の端にある神社が、夏祭りの会場だ。

商店街の組合が主催で、町内会長は回り持ちで今回の責任者を引き受けたらしい。本部で忙しく働く町内会長を、事件の被害者だった娘が手伝っているのを見て、あかねはホッとした。

提灯《ちょうちん》が連なって明るい神社の境内は広く、盆踊りの櫓《やぐら》が数日前から組まれているのは下校中に見て知っていた。神社が近づくとひとが多くなる。浴衣を着た子連れや、中学生や高校生のグループなどがいて、ざわめきがうるさいほどだ。どこかから子どもの叫ぶ声と笑う声が聞こえてくる。

「よく考えたら、みんな友だちに誘われないの？」

中高生のグループを眺めながら、あかねは後ろを歩く兄たちを振り返った。

藍音はまだそれほどではないが、若葉より上の兄たちは、全員一八〇センチを超えているから、後ろが壁のようになっている。ただ背が高いだけではなく、全員がそこそこスポーツでもやっているように筋肉質で体格がいいので、あかねは少しげんなりした。ひとりふたりならまだいいが、それが五人もそろうとさすがに威圧感が強い。それぞれがまた、水準以上の見てくれなので目立ってしまう。悪目立ちもいいところだ。

風牙はあかねと手を繋いでいる。きょとんとあかねを見上げるさまは、妖狐とは思えないほど可愛い。彼は人間の姿でも、あかねに引っこ抜かれたしっぽがうまく隠せないらしく、浴衣の下に隠れていた。油断すると耳も出そうになる、と言うが、それはなんとかごまかせるだろう。今どき、動物の耳の飾りなどいくらでもある。

「友だちって」と、勇気が眉《まゆ》を上げる。

「ゆう兄に友だちなんていないから無理っすよ」

若葉がけらけら笑うのを、勇気が肘《ひじ》で小突く。

「友だちじゃなくても、いい感じの女の子とか。めぐちゃんとか、いそうなのに」

「女は面倒くさい」

ふん、と恵は鼻を鳴らした。「うるさいし、すぐ泣くし」

「そんなこと言ってると彼女できないよ」

「そんなこと言って、あかね、お兄ちゃんたちをかたづけて、自分もボーイフレンド作ろうっていうのかい？」

百太郎が焦ったような顔をした。あかねは溜息《ためいき》をついた。

「そうじゃないってば、もう」

「あかね！」

呼ぶ声に振り向くと、八千代《やちよ》と由紀子がやってきた。八千代はいつも外で遊ぶときと同じで、すらりとした脚を惜しげもなくさらしたパンツスタイルだ。小柄な由紀子は可愛らしい花柄の浴衣を着ている。

「やあ、八千代ちゃん。相変わらず脚長いね！」と、百太郎がにこにこと挨拶《あいさつ》する。「由紀子ちゃんも、よく似合ってるよ」

「お手伝いさんが着せてくれたんです」

うふふ、と由紀子は可愛らしく笑った。手にはあかねが持っているのと似たような巾着《きんちゃく》袋をぶら下げている。

「お兄さんたちも、みんなかっこいいわ。わたしも浴衣にすればよかった。お祖母《ばあ》ちゃんがよかったら出すよって言ってくれたけど、歩きにくいから断ったの」

八千代が少し悔しそうに言う。由紀子もだが、ふたりとも兄たちには慣れていて物怖《ものお》じしない。

「うん、歩きにくいよ、これ」

由紀子がそう言って、足もとを見た。「下駄《げた》じゃなくて草履がよかったかも」

「この子は?」と、八千代が風牙を見て言った。

「ふうちゃんよ。親戚《しんせき》の子を預かってるの。しばらくうちにいることになったの」

あかねは早口で説明した。これは兄たちと相談して決めたことだった。

「可愛い」

うふふ、と由紀子が風牙を見て笑った。風牙も照れたように笑みを返す。

「ね、お姉ちゃんと金魚掬《すく》いしよっか」

八千代が少し腰をかがめて風牙の顔を覗き込んだ。彼女は見た目は派手だが面倒見がよく、子ども好きなのだ。風牙は見た目だけなら子どもなので気に入ったのだろう。

あかねが兄たちを振り返ると、

「見ててやるから行ってこい」と、恵が言った。

祭りについてくるとは言ったが、どこまでもつきまとうつもりはないらしい兄たちの態度に、あかねはホッとした。

「じゃあ、行ってくるね！」

「見当たらなくなったら携帯鳴らすからな」と、勇気が手を振る。

いくつかある金魚掬いの屋台はひとが多くてすぐにできなかったので、輪投げをしてからりんご飴《あめ》を買った。境内はどこも混雑しているが、気がつくとどこかに誰か兄の姿があって、それがあかねにはおかしかった。兄たちも、わざわざ兄弟とくっついているわけではないようだ。若葉が誰かと話している。相手は志村のようだ。藍音も、誰かしらと連れ立って何やらしゃべっているのを見かけた。途中で甲斐の姿も見たが、何故か彼は勇気にチョコバナナを買ってやっていた。

「お詣《まい》りしよう！」

八千代に誘われて歩き出すと、風牙とつないでいた手がぎゅっと握られる。

「どしたの？」

「たくさんひとがいるな」

風牙は顔を強《こわ》ばらせていた。

「こわい？」

「……少し」

「だいじょうぶ、わたしが守るから」

そう言うと、風牙はおずおずと笑った。

「あかね。……ここにはたくさんのヒトがいるが、あやかしもいる」

「えっ、そうなの」

流れる音楽や喧噪《けんそう》に掻《か》き消されることなく、風牙の声が聞こえる。あかねは少しだけ不安になった。

「それって、うちから出ていった子たちなのかな」

「いや、そうでないのもいるようだ。……ヒトがあつまるばには、かならずあやかしもあつまっている。おれはあやかしはへいきだが、ヒトはすこしにがてだ」

ふ、と風牙は微笑んだ。「だが、おまえがそういってくれるから、おれはもうこわくはない」

「だったら、よかった」

あかねは改めて風牙の手を握りしめると、先行く友人を追って石畳を歩き出す。

風牙が言ったように、あやかしがこの混雑に紛れているなら、実は生きている人間とさして変わらないのではないだろうかとあかねは思った。

だったら、……だったら、あやかしがふつうに暮らしても気づかれず、そうすることはおかしくないのではないだろうか。

「あかね、早く！」

　さきのほうで、八千代と由紀子が手を振っている。

「すぐ行く！」

　あかねはそれにこたえて、さらに先へ進む。

　祭りの賑《にぎ》やかな喧噪と揺れる灯《あか》りは、まるで夢のように美しい。こんなふうにさまざまなものがいるように思える場所ならば、あやかしも過ごしやすいのではないだろうか。

「あかね」と、また風牙が呼ぶ。「あかねは、おれをまもるといったな」

「うん、言ったよ。それに、……いつかはお兄ちゃんたちも守りたい。いつも守られてばっかりだから……いちばん弱いくせに何言ってんだってからかわれそうだけど」

「そんなことはない」

　風牙はあかねをじっと見上げて告げた。「あかねはつよい」

「ありがとう、ふうちゃん」

「……だが、つよくても、おれもあかねをまもりたい」

　風牙の頭髪で、何かがぴくぴくする。三角のそれは、耳だった。

「あかねはつよいが、むぼうびすぎるからな」

　あかねは思わず笑った。こんな可愛らしい仔狐《こぎつね》が健気《けなげ》なことを言うものだから、微笑ましくてたまらない。

「うん、じゃあ、お願いね」

「おれのもてるちからのかぎり、おまえをまもろう」

風牙は厳かに告げた。

「でも、無理はしたらだめだよ。怪我とかしたら、やだもの」

「……ぜんしょしよう」

祭りの喧噪が、さらに増していく中、あかねはやっと、友人たちに追いついた。

お便りはこちらまで
〒一〇二―八一七七
富士見L文庫編集部　気付
椎名蓮月（様）宛
vient（様）宛

富士見L文庫

九十九《つくも》さん家《ち》のあやかし事情《じじょう》

五人《ごにん》の兄《あに》と、迷子《まいご》の狐《きつね》

椎名蓮月《しいなれんげつ》

平成27年6月20日　初版発行

発行者　郡司　聡
発　行　株式会社KADOKAWA　http://www.kadokawa.co.jp/
〒102-8177　東京都千代田区富士見2-13-3
電話　03-3238-8521（カスタマーサポート）
03-3238-8641（編 集 部）

印刷所　暁印刷
製本所　ＢＢＣ
装丁者　西村弘美

定価はカバーに表示してあります。

ISBN 978-4-04-070646-7 C0193　©Seana Renget 2015　Printed in Japan